木漏れ日の中を

大野　比呂志

悠光堂

木漏れ日の中を——目次

I

II

Ⅲ

Ⅳ

Ⅴ

木漏れ日の中を

I

春の来訪者

新聞の地方欄に、「栃木市星野の福寿草が見ごろを迎えている」、という記事が載っていた。また、「いつもの年より十日も早く節分草が咲いた」とも書かれていた。

玄関先の花壇に、福寿草が色鮮やかな黄色い花を咲かせたのは一週間ほど前だった。いまは、わずかに茎が伸び、小さな葉が出始めている。暖かいせいか、生長も速いようだ。

外に出たついでに、前庭にある池まで足を運んだ。大きな岩の下のわずかな広さのところに、毎年、四、五十本の節分草が咲くのである。わたしはそばに寄り、腰をかがめて見回した。十数本が枯れ草ののった苔のなかに可憐な花を咲かせていた。盆栽の梅、福寿草とともに、わたしの家の春を告げる花だった。

まだまだ、霜の降りる朝もある。そんな寒さにめげることなく、春を待ちかねたように芽を出して、冷たい風に小さな花々を揺らしているそんな節分草が、何ともけなげだ。

そんなことを話しながら、妻とお茶を飲んでいたときだった。玄関のチャイムが鳴った。

「ご無沙汰しています」

ドアを開けたとたん、さわやかな声が返ってきた。教え子のＪ子さんだった。今年になって初めての来訪だった。

わたしが教師として初めて赴任したのは、日光の小学校だった。そこで担任したのがＪ子さんのクラスだった。四十数年も前のことである。

わたしが校長になったとき、「新聞で見たのです」と言って、大きな花かごを抱えて学校に訪ねてきてくれた。仲のよいＫ子さんも一緒だった。二人とも日光に住んでいて、ときどき会っているらしかった。

二十数年ぶりの再会だった。春休み中だったので、Ｊ子さんは小学四年生のお子さんを連れてきていた。

昨年ごろから、Ｊ子さんは、嫁いだ先の義理の父親のために、鹿沼の病院に、月に一度薬をもらいに来ている。その帰りなどにわたしの家に寄ってくれるのである。そのたびに、おいしいという評判の日光の水をペットボトルに入れて持参してくれる。

今日は、日光の水と花とを持ってきてくれた。玄関の下駄箱の上に花瓶がある。彼女は、手にしていた花をその中に入れてくれた。ニラの花に似ているが、茎も太く、花も大きい。

「何という花なの？」

「オーニソウガラム、というんです」

「ありがとう。さあ、どうぞ上がって……」

「じゃあ、ほんの少し……。これ……」

そう言って、ペットボトルを入れたビニール袋を差し出した。

「いつも、ありがとう」

妻が、

「珈琲や紅茶を飲むときに、おいしい水を使わせていただいているんですよ。本当にありがとうございます」

と、言いながら、紅茶を入れるしたくを始めた。

娘さんが鹿沼の高等学校に通っていたとき、学校で水道水を飲んだところ、塩素の匂いを強く感じたという。毎日、日光の水を飲んでいる娘さんは、その味の違いを敏感に感じたのだろう。それで、J子さんがわたしのところに届けてくれるようになったのである。

そんな心づかいがたまらなくうれしかった。それ以来、珈琲、紅茶、お茶を日光の水でおいしくいただいている。

J子さんは、出窓の棚にあるランの花を見ていた。それは、宇都宮でラン展が開催された折、妻が買ってきたものだった。J子さんは、鉢に挿してあるプラスチックの名票を取って見て、

「やっぱり、プリティーアンですね。わたしの家にもあるんです。きれいな花で、いい香りがするんですよね」

そう言って、花の香りを嗅いでいた。

「J子さんは、ランの花が好きなんだね」

「ええ」

「しかし、日光でランを育てるのは、寒いから管理が大変なんじゃないですか」

「そうなんです」

いまは、暖かくした部屋にオンシジウムやミニカトレアが咲いている、という。

十年以上も前に、わたしが勤めていた学校にJ子さんが連れてきたお子さんは、今年は大学を卒業し、就職先も決まっている、という。お子さんの話になると、J子さんの笑顔が一段とふくらんだ。ランの花を愛でながら、高齢の義父母の世話をし、二人の娘の成長

を楽しみにしているJ子さんが、とても幸せそうに見えた。
清楚なオーニソウガラムを持って訪ねてくれたJ子さんは、わたしたち夫婦にとってうれしい春の来訪者だった。

二〇〇七年四月二十七日

バラの花香る庭

妻がS君の奥さんから電話をいただいたのは、五月（二〇〇九年）の中ごろであった。「バラを見に来ませんか」というお誘いだった。S君と奥さんとで育てたバラのみごとなことは、鹿沼市内でもよく知られている。

S君とわたしは同級生だったが、彼の奥さんと妻とは、かつて同じ学校に勤めたことがあった。当時、妻は異動したばかりということもあって、やさしい心づかいの奥さんには、ずいぶんとお世話になったらしい。定年退職後も、ずっと親しくさせていただいている。

ある日、妻とわたしは、バラを見せていただくために車でS君の家へと出かけた。S君の家は、国道二九三号線沿いにある。車でS君の家に近づいただけで、塀の上からあふれるように咲いているバラの花が見えた。

庭に車を入れて降りると、待ちかねておられたように、Sご夫妻が出迎えてくださった。

あいさつを交わす前から、わたしたち夫婦は、色とりどりの満開のバラに目を奪われてしまった。辺り一面には、バラの甘い香りが漂っている。

バラの木の根元には、一本一本、名票が挿してある。ピンク色の「マチルダ」、気品のある大輪の「プリンセス・ド・モナコ・グレイス・ケリー」、黄色の「コールドバニー」白い大きな花の「ホワイト・マスターピース」などなど、とても覚えきれそうもない。八〇種類、約一〇〇本のバラがあるという。フェンスに沿って植えられたバラは、左右に枝を伸ばし、緑の葉と大輪の花で十間《けん》ほどの塀が隠れるばかりだった。

わたしが車を止めたのは、奥さんの母親がかつて住んでおられた家の庭であった。奥さんが、

「視力のおとろえた母が、椅子に座って家の中から見て楽しめるようにと、主人が大輪のバラを植えてくれたんです」

と、ご主人への感謝の心をこめておっしゃっていた。

三年前、奥さんの母親は九十七歳で他界されたが、生存中はS君のやさしさに感謝しながらバラを眺め、どんなにか心癒されたに違いない。

濃いオレンジ色の「スカーレット・クイーン・エリザベス」、真っ赤な大輪の「ミスター・

リンカーン」……。伺うのが遅かったために、満開の時期を少し過ぎてしまい、地面は黄色やオレンジ色の絨毯を敷きつめたように彩られていた。地面を清潔にしておかないと、病気が出る原因にもなるので、いつもは、すぐに掃いてしまうのだが、わたしたちが訪問することになっていたので、あえてそのままにしておいてくれたらしい。

一〇〇本ものバラの剪定がいかに大変な作業であるか、門外漢のわたしには想像すらできない。しかし、仕事はそれだけではないらしい。

バラを育てるには、バラの医者にもならなければならないという。ウドンコ病、黒点病、その他の病気が出ていないか、常に観察し、必要によって、薬剤を散布したり、土を入れ替えたりしているそうだ。

彼が本格的にバラの栽培を始めたのは、定年退職後だという。彼は若いときからバラの花が好きだったらしく、初めてバラの苗木を買ったのは、教師になったころだったという。

バラのアーチをくぐると、地続きのS夫妻の家の庭へと通じている。そこにも、また、高さ二メートル以上もありそうなバラが、塀に沿って競うように花を咲かせている。

紫色の「シャルル・ドゴール」、王様が手で触れると黄金になったという物語にちなんで命名された黄色の「マイダスタッチ」、ひときわ芳香を放っているイングリッシュローズの「シャリファアスマ」は、香水をつくるときに使われるという。

イングリッシュローズというのは、香りの強いオールドローズとつる性で四季咲きのモダンローズから生まれ、両方の特性を備えたバラだとのことである。S君が、一つ一つのバラについて説明してくれたが、わたしの頭からはあふれ出てしまいそうだった。接ぎ木の話にいたっては、聞くあとからこぼれ落ちていく始末だった。

大きなパラソルの下にはテーブルが置かれ、奥さんが、そこに飲み物を用意してくださった。ハーブティーだった。ガラスの器にはバラの模様がうっすらと浮きだしている。さりげないバラへのこだわりが、夫婦の仲睦まじさを物語っていた。

ハーブティーで喉を潤し、手づくりの青リンゴのゼリーをいただいているところへ、近所のかたが、「バラを見せてください」と、庭へ入って来られた。三〇人ぐらいの人たちが、バスで来られることもあるという。そんなとき、ご夫妻は、「どうぞ、ゆっくりご覧になってください。花も喜ぶでしょうから」と、迎えるのだという。

デイサービスを利用しているお年寄りが、大勢で来られたときには、「花に囲まれて、

安らかな気持ちになれました」「これで、一年長生きができます」と、喜んで帰られたという。S君は、

「そんなことばを聞くと、『バラを育てていて、本当によかった』と思うんです」

と、顔をほころばせながら話してくれた。

若い女性は、「絵本を開いたような庭ですね」「夢の国に来たみたい」と、心から喜んでくれることもあるという。

S夫妻は、訪れる人たちにバラの香りいっぱいの幸せをおすそ分けできたことを、ひと日の喜びとしおられるように見える。

バラを育てる二人の姿から、喜びを共有し合い、心豊かに老後を生きようとしているひかえめで温かい心が伝わってきた。

二〇〇九年五月二十八日

山野草を楽しむ夫婦

五月の連休のころになると、あちらこちらの会場で山草展が催される。二十年以上も前のことだが、山野草が好きだった父母は、山草展が開かれていると聞くと、喜んで出かけていた。庭には、山草展で買ってきたものが、少しずつ増えていった。そのころは、山野草の好きな人たちが、よく家に遊びに来ていた。そして、草花の鉢を前に置いて、ああでもない、こうでもないと、楽しそうにおしゃべりをしていた。

昔、父母が買い集めた山野草は、地植えのものがわずかに残っているだけである。鉢植えのものは、世話ができずに大部分を枯らしてしまった。いまあるものは、梅やランなど、数種類だけである。

それらの草花は、同級生のH君からいただいたものである。H君は、山野草が好きだった奥さんの影響を受け、その魅力にひかれていった。いまではH君の方が草花に愛情を注ぎながら世話をしている。

定年退職をしたあと、H君は大病を患い、興じていたゴルフを止めてからは、いっそう草花の世話に熱が入ったようだ。

現職にあったときは、H君となかなか会うこともできなかった。しかし、お互いに時間に余裕がもてるようになってからは、ときどき行き来している。

H君は、山草ばかりでなく、ランなども育てている。自分で作ったという棚の上には、イチョウランやヨウラク・アナナスなどの鉢が何十も並んでいる。秋に掘り起こした球根を、花の色別にダンボール箱に保管しておいて、春になると、また植えるのだという。そうやって手塩にかけて増やしているのだ。

「これ、帰りに持っていって」

と、箱に数鉢入れてくれることもある。

「これはウメバチソウ、これは赤のイチョウラン、これはヒメチドリ草……」

H君は、プラスチックの札に名前を書いて鉢に挿してくれるのである。

しかし、鉢植えされた山野草というのは世話が難しい。肥料のやり方や冬場の管理など、わたしには何もわからない。ただ、水をやるだけである。

そこへいくと、地植えものは、毎年勝手に芽を出して花を楽しませてくれる。セツブンソウ、クマガイソウ、エビネラン、ニオイギボウシなどは、父が亡くなり、母が年老いて世話しなくなったあとも、毎年、可憐な花を見せてくれる。しかも、少しずつ増えている。勝手に増える。おかげで友達に分けてやることもできる。

五月の連休のある日、「蕎麦を食べに行こう」と、H夫妻を誘って日光市の栗山へ出かけた。そのとき、途中の鬼怒川を通りかかると、公園で山草展が開かれていた。「ちょっと寄っていこう」、ということになった。

展示されていた山草のほとんどは、H君の庭で見たものだった。小さな鉢に植えられた一株の値段を見ると、二千円とか三千円とかしている。わたしの家の庭に咲いているヤマブキソウが、千円とか二千円の値札がつけられているのに驚かされた。

山草の好きな人が展示場などに足を運ぶのは、何かを買いたいためということだけではなさそうだ。一鉢一鉢、時間をかけて眺めている人たちは、慈しみの心をもって鑑賞することを楽しんでいるように見える。

古木や石と合わせて風情のあるものに仕立てられた山草もある。そんな鉢の前で、H君は、長い時間足を止めては鑑賞していた。

ときには、「これは、肥料をやりすぎている」と、批評したり、「この苔はいいな」と、つぶやいたりしている。

この展示会で、H君が買いたいものは何もなかったようだ。上手に仕立てられた寄せ植えの作品を鑑賞し、目を肥やしたことで満足したのかもしれない。妻は、この日の記念にとクロロウバイを購入した。

その日は、栗山でうまい蕎麦を食べ、霧深い大笹牧場を回って帰途についた。


数日後、電話もせずに、突然H君の家を訪ねた。近くに住んでいる娘のところで用事をすませ、その帰りだった。妻も一緒だった。

H君と奥さんが、仲睦まじく縁台に腰かけて庭の草花を眺めているところだった。庭には、サクラソウやイチリンソウなど、可憐な花がところ狭しと咲きほこっていた。

わたしたちは、冷たい麦茶をご馳走になり、草花を見せてもらった。手入れのいき届いた丹精な庭で、草花の一本一本が、精いっぱい自己主張をして咲いているように見えた。

体をいたわり合いながら、仲良く山野草の世話をしているH夫妻が、まぶしかった。

帰りの車の中で、妻が、

「Hさんは、奥さんと心豊かに暮らしているみたいね」

と、感慨深げに言った。

二〇〇七年五月二十日

道草

ギャラリー「道草」の新聞折りこみ広告を目にしたのは、十月（二〇〇八年）ごろだった。宇都宮の町名が書かれていたのは覚えているが、そのうち、「道草」のことは、すっかり忘れてしまっていた。しかし、妻の方は、しっかり覚えていたようだ。

十一月に入って、宇都宮に住んでいる娘の家に行った日の夕方だった。妻は家に帰ってくるなり、

「見つけたの。『道草』という店……」

と、はずんだ声でわたしに告げた。娘の家に行く途中だという。

「今度、行ってみませんか？」

「そうだな」

それから二週間ほどしたある日、用事ができて娘の家に出かけた。その帰りに、わたし

たちは、「道草」に立ち寄った。

堅苦しい画廊という感じではない。木造の親しみやすそうな店だった。壁面に、「薬草粥を始めました」と書かれた張り紙がある。

腕時計を見ると、十一時半になるところだった。昼御飯には少し早かったが、どんな味なのか食べてみよう、ということになった。

中に入ると、立松和平さんの絵本『黄ぶな物語』が、中央のテーブルに何冊か置かれてあった。右側の飾り棚の上には、レースの人形やビーズのネックレス、ブレスレットなどが並べられている。

さらに進むと、ガラスの器が置かれていた。手作りの彫刻ガラスだった。青を基調とした影絵を思わせる作品である。酒飲みの人にとっては心を動かされそうなぐい呑みが、いくつも並んでいる。そのほかにも、清楚な一輪挿し、小ビン、器といったかわいらしい作品が展示されていた。

その左手に、部屋が続いている。益子の陶芸家で人間国宝の島岡達三さんの作品と思われる壺や茶碗が目に入った。

そばまで行って見た。素人目にも、その人の作品と分かるものと、そうではないものとが混ざっている。店の女主人に尋ねてみた。やはり、養子の島岡桂さんの作品があるということだった。

島岡達三さんの陶器は、縄文をあしらった意匠が特徴である。それに比べて、桂さんの作品は、竹細工を連想させるかごめ状の文様や渦巻きの文様が施されている。師匠の渋い灰色がかったこげ茶色に対して、桂さんの作品は、茶色を織り混ぜた明るい色あいに仕上げられている。お二人のどの器も、自分の部屋に置いて眺めていたいような魅力的な作品群だった。

しばらく作品を見せていただいてから、南に面したカウンター席に座った。大きなガラス戸の外は、下り斜面のナラ林になっている。木々の間からは、密集した人家が見えていた。屋根の勾配はさまざまだ。一軒の家でありながら、複雑に庇を入り組ませた屋根もある。屋根だけの景色というのも趣きがあるものだ。その向こうには、新しくできた栃木県の庁舎が見えている。

ここは、水道山につながる高台で、一八〇度にわたって宇都宮市が一望できる。晴れた日の夕方には、南西の方角に富士山が見えることもあるという。それもそのはずである。この高台の東に広がる台地は、「富士見が丘」と呼ばれているのだ。

わたしたちは、富士見が丘団地にある娘の家から、かなり急な坂を上ってこの店に来たのだった。「道草」の北側には、白い仏舎利塔が聳えている。

この閑静な道が好きで、娘の家に行くときには、いつも通っていた。それなのに、「道草」には全然気づかなかった。しかし、開店が十月だったと聞いて、合点がいった。

ほどなくして、注文した薬草粥が運ばれてきた。クコの実、山いもの擦りおろし、マツの実、干ししいたけ、しょうが、万能ネギなどなど、十二種類の具材が入っている。京ふうの上品な味に仕上がっている。うす味のまろやかな粥に満足し、おいしくいただいた。食後の珈琲と甘さをおさえたチーズケーキを口にしながら、「次は、京粥を食べに来よう」と、妻に言った。

「道草」という名前も気にいった。古希を迎えたいま、道草を楽しみ、心を遊ばせるのもいい。友人を誘ってきて、薬草粥を勧めてみよう。木立ちの間から町を眺め、珈琲を飲みながらおしゃべりするのが楽しみだ。

栃木県出身の音楽家を招いてのコンサートも計画されていた。壁には、そのポスターが貼ってあった。

「コンサートにも来てみようか?」

と、妻と話しながら帰途についた。

たまたま入った「道草」だったが、心なごむ日曜日のひとときだった。

二〇〇八年一二月二十一日

蕎麦屋で会った父と子

十月（二〇〇七年）の下旬だった。

妻が、栃木版のページを開いた新聞をわたしの前に差し出した。

みごとな紅葉のカラー写真が目に入った。その横には、「日光の紅葉が見ごろを迎えている」と、書かれている。

新聞をわたしに見せたのは、「紅葉狩りに行きたい」と言うサインであることは、察しがついた。それからが、あわただしかった。

朝の九時、わたしと妻は、車で日光街道（礼幣使街道）を北に向かっていた。

日光方面と鬼怒川・三依方面の分かれ道の手前まで来たとき、わたしは、

「中禅寺湖と塩原と、どっちに行く？」

と、訊いた。妻は即座に、

「中禅寺湖の方に行ってみたいわ」

と、答えた。

「ウィークデイだから、道路もそれほど混み合っていないだろう」と思ったのが、大間違いだった。いろは坂の渋滞は、明智平展望台付近でピークに達し、車はほとんど動かなくなった。しかし、その分、車の中から鮮やかな紅葉を心ゆくまで堪能することができた。二時間近くかかって中禅寺湖に着くと、渋滞はいくぶん緩和された。立木観音方面と竜頭の滝方面に道が分かれるからだ。

わたしたちは、中禅寺湖畔を竜頭の滝方面に車を走らせた。両側の紅葉や湖面の彩りを楽しみながらのドライブだった。妻は、

「見て。見て。あそこの紅葉、とってもきれい!」

と、叫ぶように言いながら、動く錦絵に夢中だった。

どこかで早めの昼食をとろうと思ったが、どこのレストランも超満員だった。しかたなく、竜頭の滝まで行って折り返し、わたしたちはいろは坂を下りることにした。

崖っぷちで大きくカーブするところは、眺望が開ける。燃えるような紅葉を写真に収めようと、車から降りてカメラを構える人が列をなしていた。大谷川の急峻な岩場や重なる

尾根など、変化に富んだ景観を眺めながら、エンジンブレーキをきかせ、ゆっくり下りた。

わたしたちは、今市の「報徳庵」で蕎麦を食べることにした。この建物は、二宮尊徳翁が奨励して建てた農家だった。それを一部改築して、農家の主婦たちが蕎麦処を開いている。

しばらく待ったのち、ようやく席に案内された。隣の席には七十五歳ぐらいの父親と三十代後半と思われる息子とが座った。人好きそうな父と子だった。

茨城県の結城市から来たという。天気予報では、明日から曇るというので、取るものも取りあえず、出かけて来たという。

わたしたち同様、いろは坂が混み合わないうちに、早めに下ってきたということだった。その途中で見た紅葉がみごとだったと、会話が弾んでいたところに蕎麦が届いた。妻が、

「親孝行ができてよかったですね」

と言うと、息子の方は、

「行きたくないと言う親父を、無理に連れてきたんですよ」

と、いっそうにこやかな笑顔を見せた。

家では蕎麦を打っていると話していた親父さんだったが、もり蕎麦を食べ始めると、一言も発することなく、うまそうに蕎麦を口に運んでいた。

待っている客は、外にいっぱいいる。隣席の父子より早く食べ終わったわたしたちは、

「それじゃ、お先に失礼しますね」

「茨城まで、気をつけてお帰りください」

と言って、席を立った。

車に乗ると、妻は、

「いい息子さんだったわね」

と、感心した口調で言った。

わたしたちの息子より、やや年上のようだ。

「もしかしたら、まだ結婚していないのかもしれない」

と思ったが、余計な詮索はやめることにした。

それより、妻の、「親孝行ができてよかったですね」ということばが、川の杭にひっかかったワラのように、わたしの胸から消えないでいた。

わたしの父は、何よりも蕎麦が好きだった。生蕎麦を買ってきては、自分で茹で、つゆも上手に作って食べさせてくれたものだった。妻は、「お義父さんのつゆはおいしかったけれど、どうやって作っていたんでしょうね」と、思い出しては、よく言っていた。

思い返してみると、わたしは、仕事の忙しさを理由に、蕎麦食べに父を連れて行ったことがなかった。

わたしは、だまったままハンドルを握っていた。背中を丸め、うまそうに蕎麦を食べていた父と子の姿が、いろは坂の紅葉にも増して、深くわたしの心の奥に残っていた。

二〇〇七年十月二十四日

悠久の旅人

弟が、鹿沼市在住の画家・宮坂健さんの個展の案内状を預かってきてくれた。

案内状には、砂漠に建つ塔の絵がプリントされていた。それは、ひと目見て宮坂さんの絵とわかるものだった。

案内状とは別に、出品作品のすべてが紹介されている冊子が添えられていた。開いて見ると、書斎か、どこか落ち着いた部屋に飾り、珈琲でも飲みながら眺めていたいような気分にさせてくれる作品ばかりだった。

彼は、毎年、ときには一年おきに東京の三越本店で展示会を開き、好評をいただいているらしい。また、地元の画廊においても個展を開いては人気を博している。

ある日の午後、わたしは、宮坂健さんの個展会場へ足を運んだ。

画廊「タスタス」の入り口のドアを静かに押し開け、一歩足を踏み入れた。すると、正面の壁面に掛けられている額の中の神殿が、いきなり目にとびこんできた。

ほんのりと珈琲の香りが漂っている室内をゆっくりまわった。ローマの古代遺跡から掘り出されたような小さな壺や中国製のものらしい白銅鏡が、棚の上にさりげなく置かれている。また、床には、熱帯地方に地生するラン科の植物と思われる大きな花が置かれていた。

一瞬、異次元の空間に迷いこんだような緊張感を覚えながら、わたしは室内へと静かに歩みを進めた。

宮坂さんの描く絵は、風景とか花や人物とかではない。かといって、ピカソやミロのような抽象画でもない。素材とするものを具象的に描きながらも、異空間を創出して独創的だ。荒涼とした砂漠、宇宙を想わせる深い青、それを背景にして大きく口を開いたシーラカンス、宇宙を彷徨する方舟、バベルの塔を連想させる遠い過去を封じこめた塔などを描きながら、宮坂さんは、異次元の空間を創りあげるのである。そんな空間を彩るように、惑星、ノウゼンカズラ、カサブランカ、コンゴーインコ、オウム貝などが登場する。

カンバスに向かう彼の眼に広がっているのは、果てしない地平線の、もっともっと先の方に光り輝いて見える万華鏡の世界なのかもしれない。そのとき、彼は、魂の赴くままに自由な空間に遊ぶ旅人になりきっているに違いない。

彼が、どうしてそういう絵を描くようになったのか、その原点がどこにあるのか、そのことに、わたしは少なからず関心があった。

絵は、一階と二階に展示されていた。『花の塔』『楽園』『惑星の住む街』『惑星を運ぶ舟』といった絵を順に観ていった。そして階下に戻った。勧められるままテーブルにつくと、奥様が珈琲とケーキを出してくださった。横の棚に三つの小さな銅鐸があった。

「レプリカなんでしょうけれども、虫が描かれていて、とてもおもしろいんです」

宮坂さんは、銅鐸を手に取って見せてくれた。

いずれも中国製のものだった。中国を旅行した折、手に入れられたものなのだろうか。

そのとき、わたしが見たのは、宝ものを手にしている少年のような宮坂さんの目の純粋な輝きだった。

宮坂さんは、いまでも土器や石器を探しに、縄文時代の住居跡に出かけておられるという。土器や石器は、間もなく還暦を迎えようとしている彼を、そこまで駆り立てるに十分な未知を象徴する遺物なのだろうか……。

子どものころに見つけた土器片を手にしたときの感動が、あまりにも衝撃的で、それが、いまも脈々と息づいているということなのだろうか……。

小さな遺物は、少年の心を未知の蒼穹へと誘うものだったのかもしれない。それは、茫洋とした過去への旅であり、宇宙空間への果てしない旅の始まりだったのかもしれない。

『宇宙を航行する方舟』の舵を操るのは、まぎれもなく彼自身なのだ。

あるときは、中空に浮かぶ惑星のあいだを通りぬけ、あるときは、砂漠に建つ花の塔を訪れ、終わりのない未知への旅を続けている彼なのだ。シーラカンスや口騒がしいインコを伴い、ふくらむ想像力と好奇心のおもむくままに、彼は方舟を自在に操っているのだろう。

しかし、彼は、孤独な旅人ではない、望む者がいれば、だれであろうと方舟に同乗させてくれる陽気で寛大な操舵手なのだ。そして、何畏れることもなく、大胆に時間を溯り、未知なる宇宙へと誘ってくれるのである。

わずかな時間であったが、絵の素材や古代遺物の話を楽しませていただいた。

わたしは、熱い珈琲と甘いケーキをご馳走になった礼を言い、方舟から降ろしてもらったような心地よい気分で画廊をあとにした。

二〇〇七年九月十日

フェルジナンドとの別れ

一九八九年十一月九日、ベルリンの壁崩壊。この歴史的な出来事を、わたしは忘れることができない。

毎年、十一月がめぐってくるたびに、わたしの脳裏に浮かぶ一人の青年がいる。彼の名は、フェルジナンド。

わたしは、街へ散歩に出かけた。ライプツィッヒの街は、秋まっただ中だった。

仲間の一人が、バッハがピアノを弾いていたというセイント・トーマス教会の前に立っていた。黄金色のリンデン（菩提樹）が高々と聳え、落ち葉を降りそそいでいる。わたしは彼のそばへ行き、一緒にベンチに座った。そして、日の暮れるまでおしゃべりをしていた。

明日は、この街ともお別れだった。

わたしたちは、文部省教員海外派遣団の教育視察のためにライプツィッヒのホテルに滞在し、往復四時間をかけて、デッサウ市の学校を訪問していた。連日、生徒たちや先生がたから盛大な歓迎を受けた。バイオリンやトランペットの演奏、民族衣装を着た女子学生たちの踊りや合唱に迎えられたのだった。

コーヒーブレイクのときに、先生がたや高校生たちとケーキを食べながら歓談したのも、楽しいひと時だった。

この一週間、わたしたちの面倒をみてくれたのが、通訳のフェルジナンドだった。わたしたちは、彼のことを「フェルさん」と呼んでいた。髭面で細身の医学生だった。初めのうちは緊張していた彼であったが、日が経つにつれてうち解けていった。

時間に余裕があると、わたしたちは、ゲバント・ハウス（劇場）に出かけたり、ゲーテの行きつけだったという酒場に行ったりした。

日曜日には、マイセンやドリスデンにも出かけた。そんな気ままなわたしたちを掌握することも、フェルさんの重要な任務だったのだろう。彼は、人数を数えながら、しょっちゅう走り回っていた。フェルさんにとっては気が気ではない毎日だったに違いない。

その晩、わたしたち四人の仲間は、フェルさんを部屋に呼んで、お別れのラーメンパーティーを開いた。日本から持ってきたカップラーメンを食べる会である。

椅子やソファーを部屋の端に片付け、みんなで車座になった。そこでフェルさんに教えたのはあぐらのかき方だった。初めのうち、彼は、すぐに後ろへひっくり返ってしまった。が、何度か練習し、体の重心を前の方にすることによって、どうにかあぐらがかけるようになった。

ラーメンを食べ始めたとき、一人が、

「日本では、こうして食べるんです」

そう言って、ズルズルと音をさせて麺をすすった。フェルさんは、笑いころげた。そういう食べ方がドイツにあろうはずもない。しかし、フェルさんは、みんなの真似をして、ズルズルとラーメンをすすった。「おいしい。おいしい」と言いながら、スープまで飲みほした。わたしが、

「短い間だったけれど、楽しくて、素晴らしい日々だったよ。ありがとう」

と言うと、彼はわたしの手を握りしめて、

「ダンケシェーン、ダンケシェーン」と、何度もくり返した。温かい手をしていた。彼は、

「日本に行ってみたい。しかし、わたしは行くことができない。また来てほしい」

と、寂しそうに英語で言った。

彼の心に、ベルリンの壁が冷たく立ちはだかっているのがうかがわれた。

「勉強、がんばってください。立派な医者になることを信じています」

それが、フェルさんに言ったわたしの最後のことばだった。

次の日の朝、わたしたちは、来たときの道を数時間かけてチャーリー検問所に戻った。

検問所前の広場は、黄金色の絨毯を敷きつめたように、リンデンの落ち葉でうめ尽くされていた。

検問所の少し手前で、バスが止まった。フェルさんは、立ってわたしたちにていねいにあいさつをし、手を振って降りていった。

わたしたちは、後ろを振り返るようにしてフェルさんに大きく手を振り、最後の別れを惜しんだ。落ち葉の降りしきる中で、彼は、いつまでも、いつまでも手を振っていた。その姿が、みるみる小さくなっていった。

検問所を通過したとき、フェルさんとの友情までも、ベルリンの厚い壁に隔てられてしまうような絶望感に襲われたのだった。

ベルリンの壁が崩壊したのは、その翌年だった。

あれから、十八年。

降りしきる落ち葉の中で手を振っていたフェルさんの姿は、今もわたしの瞼から消えたことはない。

二〇〇七年十一月九日

「北光クラブ」のMさん

九月（二〇〇七年）のある日、うれしい知らせがもたらされた。

地域ボランティアの代表を務めておられるMさんからであった。

「博報財団の教育支援部門で賞をいただけることになりました。内定なのですが、一番に先生にお知らせしようと思いまして……」

と、電話の向こうからはずむような声が聞こえてきた。

その知らせは、わたしにとっても、この上ない喜びであった。

学校に在職したころに、わたしの雲をつかむような発案から始まった活動だったからである。機関車役になってこられたのは、当時のPTA会長さん、副会長さん、それにMさんたちだった。

わたしの退職後、推進スタッフによって、会の名称を「北光クラブ」とし、組織的な活動が展開されていった。

初期の段階の取り組みは、学校に寄せられる各種の作品募集の子どもたちへの周知、作品の取りまとめとその発送だった。それが、授業へのボランティアティーチャーとして活動内容を広め、学校支援に力を注いでいったのである。

現在は、休日におやつ作りやリース作り教室、親子で学べるパソコン教室、夏季スクールなどを開設している。このように、地域の子どもたちや保護者への学びの場を提供できるまでに発展してきたのだった。

クラブの活動に参加していた人たちは、やがて、指導的な立場でかかわっていくようにもなっていった。地域の人たちのさまざまな「特技・得意」を吸収するかたちで、会員数がふくらんでいったのである。

学校、PTA、地域の自治会からも独立した一つの団体が、学校支援や地域の子どもたちの受け皿となり、地域の人たちに学びの場を提供するというのは、全国的にもあまり例のないことだったようだ。

「北光クラブ」の活動が知られるようになると、代表のMさんは、学校や教育委員会から講演を依頼されることが多くなっていった。Mさんの講演は、県内にとどまらなかった。北海道から九州、文部科学省からも講演を依頼されるまでになった。

講演のあとには、必ずそのときの様子を電話でわたしのところにも知らせてくださっていた。

ときには、わたしが珈琲好きだからと、おいしいと言われる珈琲持参で、仲間とともに自宅に訪ねてきてくださることもあった。学校を退職して何年にもなるのに、忘れないでいてくださっていることに、わたしは、頭が下がる思いだった。

Mさんは、子ども三人の母である。学生時代にはフルートを吹いていたという。美しいものには心から感動し、涙を流す。辛いことがあっても、持ちまえのしなやかさと強さで乗り越えてきた。

そんなMさんは、痩身には似合わないくらいに、ボランティアの心をあふれさせている。

二〇〇七年は、活動を始めて、ちょうど十年めの年であった。全国の団体を対象とする「博報賞」の受賞は、北光クラブの十周年記念に、またとない贈りものであった。同時に、長年努力されてきた仲間にとっても、大きなプレゼントだったことだろう。

十二月には、鹿沼市の北小学校を会場に、栃木県内外からの参加のもと公開研究発表会と設立十周年の記念式典が盛大に行われた。

わずか三、四人からスタートした活動であった。それがいまでは会員八十名を超えるまでになっていた。Ｍさん初め、スタッフの顔には、喜びと自信に満ちていた。

このようなすばらしい人たちに出会えたことを、わたしは、心からうれしく思っている。Ｍさんが、あいさつの中で、「わたしたちは、自らの生涯学習として、喜びをもって活動させていただいております」と言われたときには、胸が熱くなる思いだった。

Ｍさんや仲間の人たちからは、ボランティアにかける情熱がほとばしっているようにも見えた。

翌日、再びＭさんから電話をいただいた。

「おかげさまで、すばらしい記念式典になりました。ありがとうございました」

と、謙虚の中にもさわやかさのあふれる声であった。

年が明けたある日、Ｍさんが、娘さんを連れて訪ねて見えた。娘さんは、和服姿だった。

わたしが知っている小学校六年生の娘さんが、いつの間にか、成人の日を迎えたのだ。
Mさんと娘さんの笑顔が、まぶしかった。

二〇〇八年一月二十日

金木犀の香り

教え子のJ子さんが、日光の水と栗の渋皮煮を持って訪ねてきてくれた。

高齢の義父の面倒をみておられるJ子さんは、何かと忙しいらしい。このときも、大事な用事があって、これから矢板市の方に行かなければならないという。しかし、「一口だけでもお茶を飲んでいってください」と、無理に引きとめ、家に上がっていただいた。

短い時間だったが、J子さんが作られた渋皮煮をご馳走になり、その作り方を教わったのだった。

そして、帰ろうとされたJ子さんが、

「あらっ、いい香り……。金木犀ですね」

と、辺りを見回された。

金木犀は、庭の真ん中に植えてある。もしかしたら、咲いているのかもしれないと思い、前の庭の方へ回ってみた。金木犀が、無数の小さな明かりを灯したクリスマスツリーのようにオレンジ色の花をいっぱいつけていた。

毎日のように金木犀の木の前を行ったり来たりしていたが、香りにも、花にも気づかなかった。庭の雑草ばかりが気になり、木を眺めることもしなかったのは、まったくのうかつだった。

「咲いたばかりのようだ。J子さんに気づいていただいてよかったですよ」

そう言って、木に近寄ってみると、辺りにはほのかな甘い香りが、体の中に溶け入ってきた。

わたしは、車のトランクに入れておいた木鋏を取り出し、枝ぶりのよいところを数本切った。そして、

「これ、部屋にでも飾って……」

と、J子さんに手渡した。

「ありがとうございます。ああ、いい香り」

J子さんは、手にした金木犀の枝に顔を近づけて、花の香りを楽しんでおられた。

咲いたばかりの金木犀の小枝をあげることができて、ほんとうによかった。

J子さんの車が見えなくなるまで見送り、妻とわたしは家に入った。気がつくと、わたしの洋服に沁みこんだのか、ほんのりと金木犀の香りが漂っていた。花盗人が、体にその香りをつけていることから判明してしまうという、憎めない話を聞いたことを思い出していた。

金木犀の苗木は、四十年も前に、この家を建てたとき、父が植えたものである。家の中にいても香りを楽しみたいとの気持ちから、南の廊下のすぐ前の庭に植えたのだった。その父は、八十四歳で亡くなった。それから十年後の今年、母が九十四歳で亡くなった。亡くなる前の母は、「部屋をもっと明るくして」と、よく言っていた。白内障が進行していたのである。冬には、金木犀の木が朝日を遮って、廊下を陰らせてしまう。それほど大きく大きくなった金木犀の木を、母は、「暗いから切って」と、口にするようになっていた。しかし、父が大事にし、毎年十月になると甘い香りを居間に届けてくれる金木犀の木を切ってしまう気持ちにはなれなかった。

十一月には、いつも庭師に樹木の剪定をお願いしていた。気さくな人で、屋根や樋の掃除まで快くやってくださっていた。

あるとき、母が金木犀の木を切りたがっていることを庭師に話した。すると、「ここまで太くなったのに切るのはもったいない」と言って、思いきって太い枝を落とし、全体として小さくするように枝をつめてくださった。

母も、それで納得し、金木犀の木は生き延びたのだった。その代わり、その前にあったカエデの木を切ることになってしまった。

庭に植えたばかりの木は、どれも細く小さかったが、三十年、四十年と経つうちには、枝がこみ合ってきて、切らざるをえない木も出てくる。

ほとんどの庭木は、父母が植えたものである。それらが、一本、また一本と姿を消していくのは、父母の面影までも失われていくような気がしてならない。

いま、わたしにできることと言えば、父母が残してくれた庭木を大事に見守っていくことである。

これからも、秋の一時期、金木犀は小さな庭をかぐわしさで満たしてくれるだろう。

わたしは、木鋏を持って、再び庭に出た。そして、花のたくさんついた金木犀の小枝を切ってきて、仏壇の花瓶に挿した。甘い香りが、仏間いっぱいに広がった。

「いい香りだな」

「金木犀の木を切らないでおいて、よかったわ」

そんな父母の会話が聞こえてくるような感じがした。

二〇〇七年十月六日

II

春の味

今年（二〇〇七年）は、初雪のないままに春一番が吹いたというところがたくさんあるようだ。わたしの町も同じだった。

そんなある日、かつてわたしが勤めていた学校の保護者が、久しぶりに訪ねてきた。ＰＴＡ会長さんを務められ、ずいぶんとお世話になったＴさんである。Ｔさんは、へき地複式教育を支援する地域の団体の会長さんであり、教育に大変熱心な方だった。

わたしが校長として初めて赴任した学校は、小規模校で複式学級もあった。へき地複式教育及びそれを支援する教育団体は全国組織があり、毎年、全国大会が開催されていた。わたしとＴさんは、全国大会に参加するために、北海道や石川県へ出かけていったこともあった。そんな関係もあって、わたしが退職したあとも、Ｔさんとはときどき行き来していた。

Tさんの奥さんも、また、教育には非常に熱心で、小学校の図書館ボランティアをされている。学校で購入した図書の登録を初め、図書室の本の整理や修理が主な仕事の内容である。そのほかに、子どもたちに本の読み聞かせも行ったりしている。

Tさんは、

「もしかしたらあるかもしれませんが、白菜です。それから、これはうちで搗《つ》いた豆餅、それに蕗のとうです」

と言って、ビニール袋を差し出した。

「いろいろとありがとうございます。もう、蕗のとうが出たんですか」

「暖冬なので、いつもの年より早く出たんです」

この辺りでは、日当たりのよい土手などに蕗のとうを見るのは、三月の初めのころである。まさか二月の上旬に出るとは思ってもみなかった。

しかし、いつもなら二月の下旬に花が咲く庭のセツブンソウが、今年は二週間も早く咲いた。そのことからすれば、蕗のとうが出たとしても不思議ではないのかもしれない。

とにかく、Tさんに家に上がってもらった。

「いつか、食事でもしましょう」

と、言っていたのだが、その機会もなく日が経ってしまっていた。わたしは、ご無沙汰していることを詫びた。

二時間近く、Tさんのお子さんのことやわたしの母の介護のこと、さらには、食事会をもつことについて話し合ったのだった。

その晩、妻はいただいた蕗のとうを細かく刻んで、蕗味噌を作った。御飯の上にそれをのせて食べた。蕗のとうの苦味と香りが口いっぱいに広がった。

「これがあれば、何がなくても御飯が旨く食べられるな」

「そうね。今年初めての春の味ね」

妻と二人でそんなことを話しながら夕飯をすませたのだった。

「しばらく行っていないけれど、明日、畑に行ってみませんか?」

何を思ったのか、妻が言った。

そう言えば、昨年の十一月の終わりごろから、一度も畑に行っていなかった。ホウレンソウや小松菜が育っているだろうと思いながらも、年老いた母を一人にしておけないことや、ほかに用事があって畑に行けないでいた。里芋も、結局掘らずじまいだった。

次の日、ヘルパーさんが家に来てくださっている時間に、畑がどんな状態になっているかを見に出かけた。畑に着くと、

「ずいぶんきれいになっているじゃない」

妻は感心していた。

秋の終わりのころ、伸びたお茶の木を切ったり、土手の笹を根元から刈ったりと、畑の回りの手入れをしていた。そのころ、まだ小さかったホウレンソウや小松菜は、食べごろに育っていた。ほかにも、種が落ちて勝手に生えたアブラナの葉が、これも食べごろに大きくなっていた。

妻は、農具小屋からダンボール箱を出してくると、小松菜の葉を摘み始めた。

「柔らかそうだし、茹でて食べられるわ」

わたしも、小松菜摘みを手伝った。箱はたちまちいっぱいになった。すると、妻は腰をかがめながら土手の辺りを見て回り、

「ここにはセリがいっぱい生えるんだけど、まだ早いみたいね」

と、言う。

昨年、セリを摘んだとき、妻は根を土手に埋めていたのである。

三月になれば、ナズナが出てくるし、セリも生えてくる。そのころになったら、また、来てみようと思った。

その日の夕飯には、さっそく摘んできた小松菜を茹でて食べた。

昨日の蕗味噌もそうだったが、無農薬野菜の今夜のおひたしも、また、春の味だった。

二〇〇七年二月二十日

菜の花畑

いつもの年は、三月下旬にジャガイモの種いもを植えていた。しかし、今年は、天候が悪かったり、孫のお守りを頼まれたりして、なかなか畑に行くことができなかった。

やっと都合がついて、畑に行ったのは四月の上旬だった。種いもを植えるために、早いところ畝立てをしなければならなかった。ところが、畑に行って驚いた。畑は菜の花でうまっていた。山の麓の狭い畑が、日だまりのように温もり、甘い香りを漂わせていた。

そのとき、思い浮かんだのは、わたしが持っている菜の花の版画の景色だった。それとわたしの畑とは、とても比べものにはならない。けれども、一面の菜の花というところは同じだった。

青空を背景にして広がる菜の花畑の版画は、宮本秋風という版画家の作品だった。わたしは、その版画家の作品が好きで、何枚か持っていた。朝靄のかかった葦原の岸辺につながれた船、夕闇に浮かぶ月など、霞がかった奥ゆきのある巧みな表現に、わたしは魅せられていたのである。

菜の花畑の版画は、縦三〇数センチ、横四〇数センチの作品だった。淡い黄色の菜の花が画面いっぱいに広がっていて、観ているだけで、のどかさが体の中に沁みこんでくる。日常の些細な煩わしさから、心を解き放ってくれるような温もりがあった。

菜の花畑には、モンシロチョウが飛び回っている。わたしは、どこにジャガイモの畝をつくろうかと、しばし迷った。

畑の一隅に菜種を蒔いたのは、三、四年も前である。それが年ごとに増えて、あっちの隅、こっちの隅という具合に菜の花が咲いていたのは分かっていた。

昨年の秋の終わりに、枯れた菜の花を片づけるために、持ち運びしていたとき、あちこちに種が散ったらしい。菜の花は、上の方から順々に咲く。花が咲いている期間は長い。花が終わるまで、このままにしておきたいようだが、そういうわけにもいかない。

わたしは、思いきって畑に入り、手あたりしだいに菜の花や穂の出かかったホウレンソウを抜いていった。そこへ、畑の横に住んでいる一人暮らしのおじさんが来られた。

「全部抜いてしまうんですか？」

「ええ」

「じゃあ、花の先の方を少し摘ませてもらっていいですか？」

「どうぞ。どうぞ」

おじさんは、家からザルを持ってきて菜の花を摘み始められた。

「店に行くと、ひと握り八十円で売っているんです。これを茹でて食べるとおいしいんですよ。一度、食べてみられるといいですよ」

「そうですね」

わたしが一人で畑仕事をしていると、おじさんは、よく熱い珈琲を入れて持ってきてくださった。そんなときは、草の上に座って、おしゃべりをしながらひと休みした。

わたしの畑では、たいした作物が収穫できるわけではない。それでも、ジャガイモやサツマイモを掘ったとき、ニラや小松菜を摘んだときなどは、おすそわけをしていた。

おじさんは、

「こんなにいっぱい摘ませていただきました。ありがとうございます。冷凍しておくと、しばらく食べられますよ」
と、喜んで家に戻られた。
わたしは、ジャガイモをつくる場所を決め、そこに生えている菜の花を抜いた。それから が大変だった。少し働いては休み、また少し働いては煙草に火をつけるというように、ときどき休みを取りながら畝をつくっていった。

一時間ほどして、どうにか畝立てが終わった。種いも植えは、明日することにして、農具小屋からダンボール箱を出してきた。そして、菜の花の先を摘み始めた。たくさん摘んで、それを車に載せた。

家に帰って、妻に、菜の花がうまいと言っていたおじさんの話をした。

その晩、妻は、さっそく菜の花を茹でた。夕食のとき、辛子醤油で食べてみた。刺激のある和辛子に、菜の花のやさしい味と香りとが合わさって、舌に余韻が残るおいしさだった。

思いがけなくも、春のさわやかさを味わいながら、御飯をいただくことができた。これもおじさんのおかげだった。自然から喜びをいただけるというのは、こんなうれしいことはない。秋の終わりには、またあちこちに散らしておくことにしよう。

農薬を使わない野菜には、季節の味がいっぱいつまっている。虫にも喜ばれているが、それでもいい。そんな野菜づくりに汗を流すのは、わたしにとって、老後の大きな楽しみの一つになっている。

二〇〇八年四月二十二日

くつろぎの香りと味

ウグイスの鳴く声が聞こえてくる。今月の初めのころは、何とも頼りなかったが、ようやく一人前？の鳴き方になっている。

学校を退職したあと、わたしは教育相談の仕事を二年間務めた。あとは気ままに生活したいと思っていた。しかし、思いどおりにはならなかった。続けて、新規採用になった先生を指導する仕事をすることになったからである。仕事は、週三日間だった。

平日に家にいられるというのは、勤めていたころには望んでも叶わなかったことである。今日一日が、全部自分の自由な時間だと思うと、朝から浮き浮きした気分になる。ウグイスの声が耳に入ってきたのも、心にゆとりが出てきたせいかもしれない。

妻は、まだ学校に勤めている。毎朝のことだが、「今日は、○○の行事があるので忙しい、忙しい……」、「今日は、お客さんが来るから準備をしなければ」などと言いながら、あわただしくしたくをし、「あっ、もう出ないと……」と、そそくさと出勤する。

家に一人になったわたしは、「さて」と、立ち上がる。これからが自分の時間だ、そんな気持ちがあった。

まず、テーブルの上に出ている茶呑み茶碗を台所に持っていって洗う。それから、座布団やら新聞やら、目ざわりなものすべてを片付ける。それがすむと、掃除である。掃除機をかけ、モップで廊下を磨く。十五分か二十分の仕事である。日によっては、家中くまなく掃除機をかけたり、洗たくをしたりすることもある。

掃除が終わり、身のまわりがさっぱりしたところで、珈琲タイムにする。

戸棚には、先日いただいた珈琲豆がある。それを飲んでみたいと思った。豆はブラジルである。時間をかけて焙煎したものとそうでないものの二種類だった。

わたしは、さっそく珈琲を淹《い》れるしたくに取りかかった。

どの器で飲もうか……。それを選ぶのも楽しみの一つだ。四日前には、盛岡で買ってきた珈琲茶碗で飲んだ。宮沢賢治の『注文の多い料理店』を出版した光原社は、いまは物産店になっている。一人旅の最後の日に、そこに立ち寄って、買ってきたものだった。旅を思い出しながら珈琲を飲むのも、ささやかな楽しみの一つだった。

今日は、時間をかけて焙煎した、見るからに酸味の強そうな豆の方を挽いて飲みたい、と思った。それで、まだ使ったことのない備前焼の珈琲茶碗で飲むことにした。

豆を少し多めにしてミルにかけた。香りが部屋いっぱいに漂いはじめる。珈琲メーカーに水を注ぐ。不思議なことに、立ったり座ったりするごとに珈琲の香りが感じられる。嗅覚は、その香りにすぐに慣れてしまうためなのだろう。部屋を出て、また入ってくると、珈琲の香りがからだの中に心地よく流れこんでくる。くつろぎの香りだった。

珈琲メーカーから出るゴトッゴトッという音が、部屋の静かさをいっそうきわ立たせる。わたしは、珈琲メーカーをときどき覗きこみながら、ドリップが終わるのを待つ。

その時、玄関のチャイムが鳴った。銀行員だった。彼は宣伝の印刷物を置くとすぐに帰っていった。珈琲の甘ずっぱい香りが玄関に流れ出し、彼の鼻の奥をくすぐったことだろう。

しばらくして、いつも年をとった母がお世話になっているKさんが見えた。

「お母さんのところへ行ったんだけど、返事がないので、どうしたのかなと思って……」

「いま、眠っているんですよ」

「そうなの。あらいい香りね」

「一杯いかがですか」

しかし、Kさんは、もうすぐ人が来るから、と言い、菓子袋を置いて帰っていった。

わたしは部屋に戻り、沸いた珈琲を茶碗に注いだ。濃い飴色の液体は、こげ茶色の茶碗と溶け合っていた。まるで湯気の立っているブスのようだ。

わたしは、珈琲茶碗を口に運んだ。わずかに口に含むと、やや酸味の強い味が口の中いっぱいに広がった。わたしは、ゆっくりと飲みながら、くつろぎの香りと味を楽しんだ。

部屋を満たしている珈琲の香りを消さないために、しばらくは煙草に火をつけるのを我慢していた。火をつけたのは、珈琲が残り少なくなってからだった。

煩わしいことを頭からみんな追い出して、ほんの二、三十分間、ふくよかな時間を過ごしたときは、気づかぬうちに口もとに笑みが漂う。そして、明日からの仕事への意欲が、体に満ちてくるように感じられるのだ。

二〇〇六年八月二十一日

小鳥の影絵

わたしが外へ出てみると、洗たくものを干し終わった妻が、柿の木を見上げていた。

わたしに気づいた妻が、

「今年は、あまりなっていないわね」

と、残念そうに言った。

つい二、三日前に、わたしも柿の木を眺めたところだった。

「干し柿はつくれそうにないな」

「今年は取らないで、小鳥への贈りものにしようよ」

わたしたちは、そんな会話を交わした。

子どものころ、わたしは、コガラ、シジュウカラ、ヤマガラ、ウグイス、メジロなどを飼っていた。中には、手の平に乗って餌をついばんだり、鳥かごから出しても、また戻ってきたりする小鳥もいた。ずいぶんと楽しませてもらったものだった。

いまでも、小鳥の声が聞こえると、つい山の木の方へ目がいってしまうのである。多くの山が、杉山か檜山になってしまい、実のなる木はほとんど姿を消してしまった。小鳥たちが里に出てくるのも、しかたのないことなのかもしれない。

わたしの家でも、西側の土手には杉や樫の木を植えてしまった。春先や秋口に吹く西風から家を守るためだった。そんなところでも、春になるとウグイスが囀《さえず》り、シジュウカラやメジロが来て鳴いている。

家の裏手に植えたわけでもないのにヨソドメの木が大きくなっている。通り歩きするのには少々邪魔なのだが、切らないでおいた。秋に庭師が入ったときも、その木は切らないようにと頼んでおいた。小鳥のためだった。今年も、ヨソドメが、赤い実をたくさんつけた。

家の西の端に大納言が植えてある。秋には、大きな赤い実をたくさんつける。しばらくは眺めていたいと思って、網をかけたことがあった。しかし、うまそうに熟した実を見せつけているのが、罪に思えてしかたがなかった。一週間ほどして、「もういいぞ」と、心の中で小鳥たちに声をかけ、網をはずした。

次の日に見てみると、大納言の実はほとんどなくなっていた。そのとき以来、網をかけるのを止めたのである。

十一月の中ごろ、下の方の枝から柿の葉は、赤と黄色のまだらに色づき始めた。それもつかの間、北西の風にふり落とされていった。あとには、オレンジ色の柿の実だけが残った。葉が茂っていたときには、あまりなっていないと思われた。しかし、予想以上になっているのに驚いた。妻も、

「少しは、干し柿にできそうね」

と、はずんだ声で言った。わたしは、脚立を出してきて、二十個ほど柿を取った。あとは、小鳥に残してやろう、と思った。

小鳥は、柿が熟するのを待っていたらしく、まだ固いうちは嘴をつけた様子もなかった。しかし、霜がおり始まったころから、一つ、また一つと、柿がなくなっていった。

十二月の中ごろには、柿はすっかりなくなって、ウメモドキの実が減り始める。

そのころになると、妻はリンゴを買ってくる。そして半分はわたしと妻が食べ、あとの半分は小鳥にやっている。

カリンの木の枝に竹で作った器をくくりつけ、そこにリンゴを入れておくのである。す

ると、ヒヨドリやオナガドリが、入れ替わりやってきてはついばんでいくのである。

リンゴといっしょに、サツマイモを入れておくこともある。するとメジロがたくさんやって来る。

ところが、ヒヨドリが、メジロに体当たりするようにして追い払ってしまう。ここはオレたちの餌場だとでも思っているのだろうか。

それで、餌箱をもう一つ用意した。地面に棒を立て、その上に木で作った箱を据えつけたのである。それからは、ヒヨドリがけたたましく鳴きながら、メジロを追い立てることもなくなった。

つい先日、妻はデパートで食パンの切れ端を買ってきた。妻は、

「三十円だったの」

と、言って笑った。

パンくずを庭にまいておくと、キジバトやスズメが食べにくるのである。

晴れた冬の朝、朝日がカリンの木を障子に映しだす。すると、リンゴやサツマイモを食べにくるヒヨドリやオナガドリ、メジロの姿が、影絵となって映る。

影絵が上映されるのは、午前九時過ぎから約一時間。わたしと妻は、障子に映る影絵を

見ながらお茶を飲む。朝のささやかな楽しいひとときである。

二〇〇六年十二月三十一日

新しいスタート

庭に出て辺りを見回した。梅雨のあとの花壇が雑草にうもれている。ため息が出た。「よし、草取りをしよう」と、意を決するには、猛暑に立ち向かう勇気が必要だった。作業着に着替えたわたしは、麦藁帽子をかぶり、鎌を持って炎天下の庭に出た。そして、雑草の中に潜るような格好で、花壇の端の方から草を取っていった。

眼鏡に汗が落ちて、見えにくくなると、立ち上がって、タオルで顔や眼鏡を拭いた。汗は拭いたあとからあとから流れてきた。

水道の蛇口に口をあてて水を飲むと、また、雑草の中に腰を沈めて、伸びた草と格闘した。しかし、一時間が限度だった。わたしは、早々に暑さから避難した。汗で重くなった作業着を脱いで、体の汗を拭き、着替えをすませた。

部屋に戻ったわたしに、妻が、

「ごくろうさま。外は暑かったでしょう。わたしは、今日から始めるわよ!」

と、意気ごんで言った。

妻が、「今日から始める」と言ったのは、ずっと気にかけていた書類の整理のことだった。クーラーをきかせた部屋で、「テレビや音楽鑑賞ばかりもしてはいられない」と、思ったのかもしれない。

真夏の暑さの中、わたしが外で草むしりに奮闘しているのを見て、そう思ったのかどうかは分からないが、「ついに、エンジンがかかったな」と、わたしは合点した。


妻は、物持ちがよかった。学校を転勤するたびに、いくつものダンボール箱を家に持ってきて、廊下の隅や押し入れに積んでおいたのだ。学校を退職し、第二の仕事として務めていた家庭相談員の仕事も辞めた今、妻は、

「そろそろ、教育関係資料や書類の整理をしなければ……」

と、考えていたのだろう。

大きいダンボール箱は、腰痛に苦しんでいる妻には持つことができない。そこで、わたしが手伝って、部屋に運び入れた。

箱から小冊子や書類を取り出すと、妻は、必要なものと処分するものとに分けていった。昔、作成した書類を処分するということは、それにまつわる思い出を断ち切ることでもある。書類の一枚一枚は、学校に勤めていたときの苦労や成就感の結晶のようなものでもある。なつかしい書類に目をとおしているうちに、子どもたちの顔が浮かんできたり、指導案の検討などについて同僚と夜遅くまで話し合ったりしてきたことが、数日前のことのように思い出されているに違いない。

丹念に書類をより分けている妻の気持ちが、同業だったわたしにはよく分かった。わたし自身も、処分できない教育資料や書類を入れた箱をいくつも持っている。「これは、あとで必要になることがあるかもしれない」という思いが、頭をよぎると捨てられない。それで、また箱に戻してしまうのであった。

選別に時間がかかるのは、処分するものを二つに分けるからである。資源としてリサイクルできるものと、個人のプライバシーにかかわるもので、細かく裁断して焼却するものとに分けなければならない。分け終わったところで、すべての書類のホッチキスの針を取っていく。

こんなふうに、ダンボール箱につまった書類を、一箱一箱と整理していく作業は、一日や二日で終わらすことはできない。いきおい、わたしも手伝うことになった。廊下や押し入れに積んであるダンボール箱を座敷に持ってきたり、リサイクルに出す紙類や冊子を紐でしばって物置に運んだりといった、力のいる仕事を引き受けたのである。

空になったダンボール箱は、つぶして重ねていった。一箱一箱着実に片付いていくにつれて、妻の整理への意気ごみも増していっているようにも見えた。妻は、

「明日は、押し入れの下の段をきれいにするからね」

と、明るい声で言った。

八畳の座敷には、束ねた紙の山がいくつもでき、細かくちぎったものをつめこんだビニール袋が、三つも四つも転がっていた。そんな中で、妻は黙々と作業を続けていた。

妻の片付けは、一週間近くもかかった。

「廊下も押し入れも、すっきりしたでしょう」

そう言う妻の顔は、成し終えたという満足感でいっぱいのようであった。懸案にしていた整理が片付いてよかったという気持ちもあったかもしれない。しかし、わたしには、過去に対して心に区切りがつけられたことを確認する笑顔のようにも思えた。わたしもうれしくなって、

「よくがんばったなあ。家が軽くなったみたいだよ」

と、妻に賛辞を送った。

妻には、これからの人生を楽しむために、新しいスタートを切ってほしいなと、密かに願っている。わたしにできることなら、いつでも応援を惜しまないつもりだ。

二〇〇六年八月二十日

ロウバイ

妻と二人で近くのスーパーに買い物に出かけ、帰ってきたところだった。夕方になっていた。わたしが玄関のドアを開けようとしたときだった。左手の上の方にほんのりと明るいものを感じた。ロウバイの黄色い花だった。四、五日前に見たときには、まだ蕾だった。夕方の寒空に匂うように咲いているロウバイの木の下に行ってみた。花びらが蜜蝋のように透きとおっている。

わが家では、毎年、花市になると、何かしらの庭木を買ってきては庭に植えるのが、恒例のようになっていた。これまでに花市で買ってきた夏ツバキ、山茶花、山ぼうし、柿、梅など、いまではすっかり大きくなっている。ロウバイもその一つだった。

もう十年以上も前のことである。「今年の花市では、何の植木を買おうか」と、妻と話をしていた。そのとき、偶然にもテレビで、「ロウバイが咲いた」というニュースが放映された。それを夫婦で見ていて、「そうだ、ロウバイがいい」ということで、話が一致したのである。

鹿沼の花市は、規模の大きいことで知られている。近隣の町からも大勢の人がやって来る。そのため、会場近くの小中学校は駐車場として開放されるのだが、年ごとに自動車の数は増え続けている。

花市は、毎年一月の下旬に開かれる。町の中心街と隣合った道路に、一・五キロメートルにもわたって露天商の屋台が軒を連ねる。その端の方に、苗木や盆栽、草花といった店が並ぶのである。細い通路は、春を待ちわびている人たちで埋めつくされ、すべての店の前を往復すると、ただ歩くだけでたっぷり二時間はかかるほどだった。

その年の花市が開かれたのは土曜日だった。二人とも半日の勤めを終えて、早めに帰宅した。寒さに備えてコートを着込んで、毛糸の帽子もかぶった。花市が過ぎると暦の上では立春、防寒着に身を包みながらも心が弾んだ。

花市は、日中よりも夜の方が賑わいを見せる。勤めの関係で夜にならないと来られない人が多いのかもしれない。しかし、それだけではない。昼間よりも夜の方が、値段が安くなることをみんなが知っているのだ。開催時刻の終了となる九時近くなると、投げ売りをする店も出てくるからである。特に、だるまや花卉《き》類はそうである。値切るのを楽しみなら買い物をする客も多い。

わたしたちの買い物の順番は、毎年決まっている。最初に買うのはだるま、その次に、たこ焼きや大判焼きなどの食べ物、最後に植木や草花、という順である。

わたしと妻は、花卉類の店の前を素通りして、だるまを売っている店まで歩いていった。そこからはさらに二〇〇メートル以上にもわたって屋台は並んでいる。けれども、そちらの方にはなかなか足を伸ばせないでいる。

明るいうちにだるまを買うのは、決して得策でない。しかし、このときは、「ロウバイの苗木を買う」という、はっきりとしたあてがあった。だるま屋だけでも十数軒並んでいる。ある大きさのだるまの値段を見て歩いて、安そうな店を探す。目ぼしをつけた店に行くと、妻が値切り始める。

「これはいくらぐらいですか」

「三千両」

「それじゃ、とても買えないわ」

そう言って、ほかの店の方へ移動しようとした。すると、

「奥さん、奥さん、大まけ、二千五百両。これが限界だよ」

「二つ欲しいの。でも五千円も出せないわ」

「わかった、二つで四千五百両」

「それじゃ、孫のためにこのミニサイズのもいただくから、五千円にしてね」

「かなわねえなあ。よし、持っていきな」

だるまの値をめぐる妻のかけ引きのうまさに、わたしは感心するばかりだった。

だるまを買うと、来た道を逆戻りする。今度はゆっくりと屋台を覗きながら歩く。途中で、孫のために大判焼きと綿飴を買った。

そのあと、植木屋の方へ足を運んだ。ロウバイの大きさや枝ぶりを見ながら、何箇所か歩いた。そして、やっと手ごろなものを探すことができた。背たけ以上もあるロウバイの木を持って、わたしたちは駐車場へと急いだ。

そのときに買ったロウバイは、生長もよく、幹が太くなり過ぎたので、今年の秋、庭師に頼んで切ってもらった。いま花をつけているのは、元の木から出たひこばえである。それもかなりの太さになっている。

ロウバイが、夕闇のなかでほのかな甘い香りを辺りに漂わせている。

わたしは、一枝を切ってきて、花瓶に挿した。部屋が温かくなったように感じられた。
新しい年は、もうすぐそこまで来ている。

二〇〇六年十二月三十日

オカリナの調べ

長い時間をかけて土の間からしみ出し、あるいは、岩間からうぶ声をあげながら光の粒となって滴り落ちた水が流れだす。糸のような水が集まって絹糸の束となり、周りのもえぎ色の木の葉を映しながら、喜々として山間の谷を下る清流。そんな情景が目に浮かんでいた。清らかな『水心』という曲だった。

わたしと妻は、宗次郎のオカリナの演奏を聴きに、宇都宮市文化会館に来ていた。オカリナの澄んだ音色のシャワーに、心にたまった汚れが洗い落とされていくような清々しさを覚えていた。

宗次郎は、木々の息吹き、水の流れ、そよぐ風、漂う空気、星の燦きまでも音に変えてしまう。土から生まれたオカリナだからこそ、宗次郎の息づかいと指の動きに、木々も風も水も寄り添ってくれるのだろうか。

宗次郎は、以前、栃木県の茂木町に住んでいたが、今は、その東の山を越えた茨城県の常陸大宮市の林の中に移り、音楽活動を続けている。県から三十年契約で二ヘクタールの山林を借り、音楽活動の拠点を築こうと、草や篠竹の刈り払いに取り組んでいるという。

真夜中に、星空を仰ぐことがあるそうだ。冬は、ことのほか星がきれいに見える、という。天空に瞬く星を眺めていると、「自分だけがここにいるのではない」と、思えてくるという。ナラやクヌギの林には、さまざまな生き物がいる。「人間は、それらの生き物と、どこかでつながっている」と、考えずにはいられないのかもしれない。

木の枝にとまり、体を丸くして眠る小鳥もいれば、星明かりの林の中に餌を求めて動き回る生き物もいる。そんな生き物たちと、美しい星空を共有し合っているのだと思うとき、宗次郎の心には、共に生きているという喜びが湧きあがってくるのだろう。

定年退職後、わたしは教育相談の仕事をすることになった。

毎日、七〇キロ、一〇〇キロの道のりを車で走り、九十校以上もあるK地区内の小学校、中学校を訪問し続けた。

不登校、学級崩壊、虐待、反社会的な問題について話す先生がたの悲痛なことばが、鉛の塊となってわたしの心に重く沈んだ。

カーテンを閉めきった暗い部屋に引きこもっている子どもの寒々とした心を思うと、やりきれなかった。虐待を受けて、家の外で寒さに震えている子どもの姿を想像しただけで胸がしめつけられた。

学校訪問の行き帰りに、車のハンドルを握っている間、心を癒してくれたのは、宗次郎のオカリナの曲だった。

「ファーソドーラドー、ラードソラソファー」(「ソ」と「ラ」は半音高く、「ド」は高い「ド」)

曲名は知らなかったが、淡々と奏でられる静かな曲だった。しみじみとした味わいがあった。可憐な野の花が風に揺れているやすらぎの丘へでも誘ってくれるような調べに、一日の疲れがどんなにか癒されたことか。「また明日、車の中で聴くことができる」と、思っただけで元気が出てきた。

オカリナの曲に力をもらいながら、今日は足尾へ、次の日は栗山へ、その次の日は、福島県に近い三依（現在は、いずれも日光市）へと車を走らせたものだった。

それから、六年が過ぎていた。

目を閉じて演奏に耳を傾けていると、教育相談員をしていたころのことが、記憶の底からよみがえってくる。何百回も聴いたテープも、それをかけるカセットプレーヤーも壊れてしまい、今は聴くことができなくなってしまっていた。

『土の笛のアヴェ・マリア』は、「平和を願って作った曲です」「この曲を聴いて、一人でも多くの人に、心にやすらぎを覚えていただけたらうれしい」と、宗次郎は語っていた。

わたしは、友達と一緒に春の林の中を走り回っていた子どものころを思い出しながら、オカリナの曲に聴きひたっていた。

次の瞬間には、春を告げているような小鳥の声を聞きながら、一人庭にただずんでいる自分の姿が目に浮かんできた。

華やかで贅沢な暮らしができなくても、生活に少々の不便があってもいい。毎日が平穏に暮らしていられることに感謝したい。そんな思いが、胸の中にふくらんできていた。

「やっぱり、来てよかったわね」

コンサートが終わったあと、妻はしみじみと言った。

ホールを出ると、雨あがりの夜空に星が瞬いていた。

二〇〇八年三月十日

かなしいみやげ話

秋の爽やかさが感じられる十月半ばのことであった。

朝食を食べ終わったとき、妻が、

「今日は、文学散歩に行ってきますね」

と、言った。

電車とバスを利用して宇都宮のデパートに行くことを、妻は普段からそうと言っていた。宇都宮の郊外にできたデパートに行くには、交通の激しい道路を通って行かなければならない。自分で車を運転して行けないこともないのだが、スピードで走る大型車両に並ばれると、少なからず恐怖感を覚えるらしい。

常々、「車の免許を取ってよかった」と言っている妻は、車の運転そのものは好きなようだ。しかし、わたしの目には、決して運転がうまいとは見えない。もしかしたら、妻もそう思っているかもしれない。

定年退職をしてからの妻は、交通事故を起こさないようにと、気をつけて運転しているようだ。実際、高齢者が起こす交通事故は、年々増加している。それが分かっていればこそ、細心の注意をはらってハンドルを握っているのだろう。

県の図書館に行くときにも、遠回りして、交通量の少ない道を通って行くという。

妻が、「宇都宮のデパートに行きたい」と言っても、わたしに用事があって乗せて行けないことがある。

それで、いつのころからか、妻は、電車とバスを利用して行くようになった。まず、鹿沼駅まで車で行き、そこから電車に乗って宇都宮まで行き、シャトルバスを使ってデパートに行くのである。

それが、結構楽しかったようだ。初めてシャトルバスで買い物に出かけ、帰ってくると、妻は、

「電車やバスの窓からは、のどかな風景が広がっていて、まるで文学散歩でもしているようで、とても楽しいのよ」

と目を輝かせて話したのだった。

郊外に進出したデパートに行く途中に、作家や文学作品に因んだ所があるというわけではない。ただ、車窓から見える田園風景が、電車やバスを乗りついで通った学生時代に見たのどかな風景と似ていて楽しいというだけのことであろう。郷愁には、それで十分だ。バスは宇都宮駅の西側の停留所で客を乗せ、郊外の道を行くのかもしれない。それ以来、電車やバスを利用して宇都宮のデパートに行くことを、妻は、「文学散歩」と言うようになっていた。

文学散歩のあとには、何かしらみやげ話がある。今日の話は、こういうことだった。

妻が買い物を終えて、バス停に出てみると、シャトルバスを待つ人がたくさん並んでいた。その中に八十歳ぐらいのおばあさんの姿があった。バスを待つ人のために長椅子が用意されていたが、おばあさんは座れず、ずっと立っていた。

列の中ほどに、三人ぐらいはゆうに座れる席があった。けれども、その席の前に若い人が三、四人、立っておしゃべりをしている。おばあさんの近くにいた人が、「おばあさん、あそこの席に座らせていただいたらどうですか」と親切に、しかも大きな声で言った。ところが、おばあさんは、「年寄りが自分勝手をすると嫌われるから、このままでいいですよ」

と立ち続けた。その話し声は、当然、若い人たちの耳にも達していたはずなのに、「どうぞ、お座りください」ということばはなかったという。

うしろの方で、妻は寂しい思いを抱きながら、このやりとりを聞いていたそうである。妻の話を訊いていて、ある先生の話が、脳裏をかすめた。

その話というのは、授業参観のときに、保護者の私語が多くなったということだった。それればかりか、校長のあいさつのときも、ＰＴＡ会長が話をしているときでも、おしゃべりがやむことはないのだという。

その話をされた先生は、激しい時代の変化のかげで、大事なものが失われてしまったとでも言うように、かなしい顔をされていた。

いつもは、楽しいみやげ話なのだが、この日ばかりは、心の痛むかなしい内容だった。

わたしはドアの開いた応接間の方を見た。孫のために、妻がデパートでもらってきたガス風船が、宇宙人でもあるかのようにゆらゆらと揺れていた。

二〇〇七年十月二十五日

Ⅲ

ホロホロ鳥

宇都宮市に住んでいる弟が、わたしの家に来るなり、

「今日は、昔住んでいた辺りを歩いてきたんだけれど、子どものころ、広いと思っていた道があまりに狭いんで驚いたよ。まさかあれほどだったとは気づかなかったなあ」

と、子どものころの感覚と実際との違いに驚きをあらわにしていた。

弟が歩いてきたのは、四十年も前に住んでいた家の辺りである。弟にとっては、小学生時代を過ごし、毎日のように遊び回った所だけに、懐かしさもあって歩いてみたかったのだろう。

思い出深い所というのは、歳月やさま変わりにかかわりなく、記憶の襞の間で昔の新鮮さが保たれている。

当時、住んでいた家の周囲には、黒塗りの六尺塀が巡っていた。南側に太い柱の門があ

り、大きな門扉の中に小さな格子戸が付いていた。普段の生活では、そこが出入り口だった。

庭には、イチョウ、イトヒバの木などが植えてあった。秋になると、ザクロの木には、透きとおる被膜をつけた種がびっしりとつまった赤い実がたくさんなった。その種を口に含んでは、酸っぱい味を楽しんだものだった。

ホロホロ鳥を飼っていたのも、そこに住んでいたころのことだった。

伯父が、北海道の知り合いから、動物園で飼っていたというホロホロ鳥の卵をもらってきて孵化させた。その雛を持ってきてくれたのである。雛とはいえ、ハトよりも大きかった。それで、ハト小屋に入れて飼うことにした。ハトとホロホロ鳥は、仲良く同居してくれたので助かった。

小さくてかわいらしかったホロホロ鳥は、残飯を食べながら元気に育った。ニワトリよりも大きくなってからは、小屋から出して放し飼いにした。

騒動は、そのころから始まった。

夜中、家の前の道を人が通るたびに、「ギャー」「ギャー」と、わめくのである。

家の中では、「番犬がわりになるね」と、家族で笑い合っていた。しかし、それだけではすまなかった。

家に来客があると、三羽のホロホロ鳥が、鳴きながら客に襲いかかるのである。客の悲鳴を聞いて、家の者があわてて外に出て、ホロホロ鳥を遠ざけなければならなかった。家の者に対しては、決して鳴いたり、襲ったりするようなことはしなかった。

あるとき、母が買い物に行くとき、木戸を開けたままにしてしまった。母は、家の前の道を西へ歩いて行き、大通りに出て店へ向かっていた、という。母は、

「道を歩いている人が、みんなわたしの方を見るのよ。どうしてかな、と思って、後ろを振り向くと、三羽のホロホロ鳥が、よちよちとついてくるの。だれだってびっくりするわよね。首が長くて、ニワトリよりも大きな縞模様の鳥が、一列になってわたしのあとを追ってくるんだもの。わたしは、恥ずかしくて、あわてて両手で追い払ったのよ。すると、ホロホロ鳥は、大きな羽根を広げて、バタバタと、電線よりも高く飛んでいったの。大通りを歩いていた人たちは、みんな立ち止まって、ホロホロ鳥を見上げていたわ」

と、愉快そうに話した。

ホロホロ鳥は、羽根を広げると一メートル以上にもなる。そんな鳥が屋根よりも高く飛んでいくのだから、だれだって驚くだろう。

わたしが、どこかへ出かけたときも、何度か後ろからついてきたことがあった。そのた

びに、追いかえされて飛んで帰った。

そんなある日、ホロホロ鳥のことを聞きつけて、市役所の人が家に訪ねてきた。そして、

「お宅に、珍しい鳥がいるそうですが、市に寄付していただけないでしょうか」

と、言った。

その晩、家族で話し合った。そして、市に寄付することに決めたのである。

数日後、わたしが学校に行っていた間に、ホロホロ鳥は、市役所の人が持ってきた大きな箱に入れられ、連れていかれたということだった。

日曜日、わたしは一人で市が管理する千手山公園へ行った。ホロホロ鳥は、以前にインコが飼われていた鳥小屋に入れられていた。わたしを覚えているのか、いないのか、鳴き声も立てずに小屋の中を歩き回っていた。

わたしは、ホロホロ鳥に話しかけた。

「こんな狭い小屋に閉じ込められちゃったのか。おまえたちは、もう空を飛ぶこともできなくなってしまったのだな……」

その帰り道、「何て罪なことをしてしまったのだろう」と、やりきれない気持ちをどう

することもできなかった。
あのときの後悔は、いまでも、わたしの心から消えないでいる。

二〇〇七年六月四日

卵を守るハト

狭い庭の真ん中に桂の木が植えてある。父親が家を建てて間もなく植えたものである。直径は、ゆうに四〇センチメートルはある。

その父は、もう亡くなって十年になる。

夏場、枝を張った桂の木は、格好の日陰をつくってくれる。言ってみれば、庭の日傘といったところだ。


桂の木は、一年に二メートル以上も枝が伸びる。しかし、大木にするわけにもいかない。それで、地上から三メートルほどのところで芯をとめてある。そこから、また新しい枝が伸びて、日陰をつくってくれる。その枝も、葉が落ちるころになると、庭師に頼んで枝打ちしてもらう。毎年、四方に伸びた枝を切っているうちに、火炎土器のような奇妙な格好になってしまった。それが、かえって親しみを感じさせてくれている。

桂の木を気に入っている者がほかにもいた。キジバトである。六月に入り、葉が茂るころになると、すり鉢状になった木のてっぺんに巣を作り始める。

雛の鳴き声を聞くと、「ああ、無事に生まれたのだな」と、うれしい気分になる。しばらくして、子バトが、羽根をぎこちなく動かしながら枝から枝へ飛び移っているのを見たときには、「落ちなければよいが……」と、案じるのである。

子バトを見つめているのは、わたしだけではない。近所の猫も、庭の片隅から目を光らせている。子バトが無事に巣立つと胸をなでおろすのである。

しかし、子バトがいつも順調に巣立つとは限らない。巣作りにしくじったのか、それとも手を抜いてしまったのか、卵が落ちたり、雛が落ちたりしてしまうこともあった。雛を助けようとして外へ飛び出していったときには、雛をくわえた猫が、走り去っていくところで、いまいましく思いながら、その方を見ていたこともあった。

そんなことがあってから、「何か巣になるようなものはないか」と、考えていた。

あるとき、探しものがあって物置に入った。そこで目に入ったのが藤づるで編んだ花かごだった。ハトの巣にするにはもってこいの大きさだった。

わたしは、さっそくかごを持って庭に出た。桂の木は、枝が伸び、木の上の方が見えないほどに葉を茂らせている。わたしは、梯子をかけてかごの取りつけにかかった。かごの四方に紐を結び、枝にしばって固定しようとしたのだ。枝を曲げながら、木のてっぺんを覗き込んで、わたしは、ハッとした。目の前にじっとハトが蹲《うずくま》っている。ハトが、卵を温めていたのだ。

「ごめん！」

わたしはこころのなかでそう言って、そっと梯子を降りた。

以前にも、これと同じようなことがあった。まだ学校に勤めていたころのことである。校庭の前に学校農園があった。夏休み中で、作付けされていないところは、草が六、七〇センチメートルぐらいの高さに伸びていた。太陽が照りつける中、わたしは、手あたりしだいに草を刈っていった。そして、ふと気がつくと、目の前に大きな鳥がいた。キジだった。わたしとの距離は一メートルもない。一瞬、わたしとキジの目が合った。しかし、キジはまったく動こうとしなかった。

キジは、草むらの中に巣を作り、一心に卵を温めていたのだ。ところが、わたしが回りの草を刈ってしまったために、巣はまる見えになってしまった。

「このままでは、落ちついて、卵を抱いてもいられないだろう」

そう思ったわたしは、離れたところから草を抜いてきて、キジの巣が見えなくなるまで何株もの草を植えた。その間も、キジは微動だにしなかった。

身の危険を感じながらも卵を守ろうとするキジに深く感動しながら、わたしは草刈りを切りあげて職員室に戻ったのだった。


あのとき、キジはどんなにか恐ろしい思いをしたことだろう。桂の木のキジバトと同じだったと思った。

ハトは、目を見開いたまま、逃げようともしなかった。突然現れた人間に、凍るような恐ろしさを覚えつつも、じっと耐えていたのだろう。ハトは、「たとえ自分の命がどうなっても、この卵だけは守りとおすのだ」という母性を、小さな体に漲らせ、必死で恐怖と闘っていたに違いない。

目前に迫ってきた恐怖にうろたえることもなく、ひたすら卵を温め続けるハトに、わたしは圧倒され、静かに引きさがるよりほかになかった。

ハトの脳に刻まれた、自らの命をかえりみようともしない輝くような母性本能に、わたしは言いようのない感動を覚えていた。

かつて、キジの巣からそっと離れたときのように、わたしは、梯子を静かにはずした。

二〇〇七年八月九日

スズメバチ

二〇〇五年、梅雨が明けると、庭の緑はいっそう濃くなっていた。サツキの葉は、日ごとにつややかになり、クリやサルスベリの葉も力強さを感じさせる緑色になっている。焼けるような太陽の光にも、何らおじけることなく、ゆさゆさと葉を揺らしている。

わたしは、庭に出てそんな木々を眺めるのが好きだった。そのときだった。一匹のスズメバチが、頭の上を飛んでいくのに気づいた。これは毎年のことだったので、それほど驚きもしなかった。庭のどこかに気に入った花でもあるのだろう、と思っただけであった。

次の日も、庭に立っていると、スズメバチが飛んできた。一匹ではなかった。わたしは、今度は動かずにスズメバチの行き先を注意して見ていた。

すると、どうだろう。スズメバチは、家の基礎に開けられた通気口の中に入っていったではないか。

わたしは、家からハエ叩きを持ってきて、通気口の所で飛んでくるスズメバチを待ち受けた。そうとも知らず、スズメバチは、一直線に通気口に向かって飛んできた。バドミントンのシャトルを打ち返すようにハエ叩きを振った。パタッ、という手応えがあった。スズメバチは、地面の上で羽根をばたばたさせている。こんなふうにして、五、六匹を退治した。

わたしは、スズメバチを退治するために、日に何度となく庭へ出た。そのたびに、二匹、三匹を叩き落とした。

その週の日曜日に、娘と息子が、それぞれ子どもを連れてやって来た。わたしは、スズメバチのことを話し、子どもを前の庭で遊ばせないように注意した。息子はわたしを心配した。

「危ないから業者に頼んだ方がいいよ」

娘まで、

「刺されたら大変だから、早く退治してもらって」

と、わたしをせかせた。

仕留めたスズメバチの数を、毎日メモしていた。しかし、百匹を超えたあたりから止めてしまった。いたずらに日を長引かせていたら、巣は大きくなるばかりだ、と考え直した。

業者が来てくれたのは、それから三日後だった。昼のうちに下見をし、夜になってから仕事にかかる、と言う。スズメバチが巣に戻ったところで、一網打尽にしなければならないからだった。

その日の夜、業者は、防護服を着て、まず、通気口から薬剤を噴霧して様子を見た。しかし、変わったことは何も起こらなかった。そこで、通気口をダンボールで密閉した。

次にしたことは、廊下に小さな穴を開けて、そこから薬剤を噴霧することだった。これもはっきりとは的を絞れない作業だった。床下の状況が分からなければ、どうにもならないのである。そこで廊下の板を三〇センチ四方切り取って、床下を覗き込んだ。懐中電灯で照らしてはみたが、巣らしきものはまったく見あたらない。業者は、

「これじゃ、退治のしようがないので、少し様子を見ていてください」

と言い、とうとう噴霧器を片付け始めた。

しかし、わたしには納得がいかなかった。必ず、巣はあるはずだ、と思った。廊下と壁、その上の出窓の辺りを見ていた。出窓の下には、三角柱を横にしたような空間がある。

「ちょっと待ってください！　もしかしたらここに巣を作っているかもしれません。羽

目板に穴を開けて、もう一度噴霧してもらえますか」

「穴を開けてもいいんですか」

「お願いします」

そんな会話のあと、業者はわたしが示した辺りの羽目板に小さな穴を開け、ノズルを差しこんで薬剤を噴霧した。そのとたん、中から唸るような羽音が聞こえてきた。業者は、

「ここだ！」

と叫ぶと、いっそう強くポンプに圧をかけた。狂ったような羽音が、しばらく続いた。

やがて、羽音はしなくなった。

「後で大工さんに直してもらいますから、ここを破ってみてください」

わたしのことばで、羽目板が五〇センチほど破られた。業者は、

「ありました。ありました！」

と言い、安堵の表情を見せた。

巣はまだ作り始めで、サッカーボールほどの大きさだった。切り取った巣をビニール袋に入れ、すぼめた口から、さらに薬剤を噴霧した。巣から出てきた数匹のスズメバチが、しびれたように羽根をふるわせていた。

こうして、スズメバチ騒動は落着した。

スズメバチに巣を作られたのは、これが三度めだった。最初は物置の天井裏、次が物置の入口の上だった。

わたしの家も、なぜかずいぶんとスズメバチに気に入られたものだが、吉兆という話を聞いたことがないのが残念である。

二〇〇六年八月二十一日

青い目の人形

二〇〇七年の六月だった。修学旅行の引率で鎌倉・横浜方面に行ってきた弟が、こんな感想をもらした。

「いまの小学生の修学旅行はすごいよ。生のジャズ演奏を聴きながら、船の上で食事をするんだからね」

弟は、数年間教育委員会にいたので、赴任した学校の修学旅行に同行して、その変わりように驚いた様子であった。

ジャズの演奏もよかったし、クルージングも楽しかったと、話していたとき、偶然にも、テレビの画面に横浜港の様子が映しだされた。そのうち、山下公園へと場面が変わって、「青い眼の人形」の歌が流れ始めた。

わたしたちは、話を止めて、画面に流れる歌詞を見ながら、懐かしい歌に耳を傾けた。

そのとき、思い出したことがあった。

一九八〇、八一年のころだったと思う。

わたしは、隣村の小学校に赴任した。いまは、西方町だが、当時は西方村だった。児童数百六〇名ほどの規模の学校だった。わたしは、その学校や地域が気に入り、毎日、充実した気持ちで勤めていた。

あるとき、わたしは、物置の整理を始めた。何が入っているのかわからないダンボール箱が、すき間なく押しこめられていたので、いつか整理しようと思っていたのだ。

そのとき、見つけたのが、埃にまみれた木の箱に入った「青い目の人形」だった。それを見たとたん、昔、アメリカから贈られた人形に違いないと思った。

ふっくらとした愛らしい人形だった。かつては、ピンク色の洋服だったと思われるが、すっかり色が褪めて、白っぽくなっている。しかし、人形本体に少しの痛みもなかった。

わたしは、さっそく物置から出してきた。人形の埃を落としたり、箱をきれいに拭いたりして、職員室に持ちこんでおいた。

「青い目の人形」は、一九二七年に来日したアメリカの教育使節団から日米親善にと、一万三千体贈られものである。

物置で人形を見つけた少し前、ある新聞の地方欄に、「青い目の人形」についての記事が掲載されたことがあった。そこに、「県の文化課で調査している」と、書かれていたことをわたしは思い出した。

さっそく、文化課に電話をしてみた。数日後、係の方が来校され、「アメリカから贈られたものに間違いないでしょう」と、言った。

その後、わたしは他の学校へ転出し、「青い目の人形」のことなどすっかり忘れていた。

そんなある日、某新聞の投書欄に「青い目の人形」について記事が載っているのが、目に止まった。わたしは、その部分を切り抜いて、ファイルにはさんでおいた。

甲府市の四十一歳になる男性が書いたものだった。その人が甲府市の郷土館で開催されている「わが町の八月十五日展」を見に娘さんと出かけ、五体の「青い目の人形」に目が止まったと、書いておられた。山梨には、百十体があるということであった。

太平洋戦争中に、憲兵隊から「人形を壊すように」と、命令が発せられた。けれども、人形を所有していた学校の校長は、危険を承知で大切に保管していたと、いうのである。

『アメリカ人の優しさを大切にした信念と勇気に満ちた校長先生の行動に、……感動を覚えた』『平和を大切にしようと思うなら、時には勇気ある行動が必要であると、娘の心にも刻まれたようだ』（ママ）と、その男性は書いておられた。

校長が、軍の命令に背き、青い目の人形を隠そうとしたのは、何か大事なものを守りたいという気持ちにつき動かされての行動だったに違いない。

校長の胸には、たとえ軍の命令とはいえ、教育者として曲げることができない思いというものがあったのだろう。それは、銃で勝ち取る平和ではなく、友情や信頼に基づく人類の平和を築きたいという一途な思いではなかったか、そんな気がしてならない。憲兵隊の命令に屈することは、教育者としての心を砕かれるのに等しいと、思っておられたのかもしれない。

偶然と連想とが重なって、記憶の底から思い起こされた「青い目の人形」だった。

しかし、平和と豊かさを喜々として享受しているいまの子どもたちに、色褪せた洋服を着ている「青い目の人形」を見せたとしても、目を背けこそすれ、何の興味も示さないにちがいない。

歴史の埃に埋もれたまま、「青い目の人形」が、人々の記憶から消え去るようなことがないことを願うばかりである。

二〇〇七年六月二十九日

木造校舎

久しぶりに、かつてわたしが勤めていた学校を訪ねた。そこの校長先生と一緒に日光へ行く用事があったためである。

ただそれだけのことだったが、やはり懐かしかった。壁面の展示物は変わっているものの、高い天井の眺めは昔と同じだった。校長室のガラス戸の音も、昔のままだった。

壁には、わたしの写真額が掛けられている。十年前のわたしが、少々くたびれかかってきたわたしを見下ろしている。自分に見られるというのは、何とも落ち着かないものである。

わたしが、この鹿沼市立北小学校に赴任したのは、一九九六年の四月一日だった。目まぐるしい一日だった。時間を見つけて事務長の案内で校舎を一巡した。

大規模改修が終わったばかりで、すぐにも手がけなければならない仕事が、ここかしこに見受けられた。それらは、わたしの目に働きがいのある新鮮なことと映ったのを覚えている。

北小学校は木造である。板張りの廊下は、柔らかい。コンクリートの廊下と違って、頭の芯に響くような硬直さが感じられない。その心地よい柔らかさを味わいながら歩いた。

幅の広い中央の階段を上り始めたとき、部厚い松板に凹みがあるのに気づいた。古い寺に詣でて、くぼみができている石段に歴史を感じたことはあるが、それと同じだった。階段の手すりに手をのせたとき、わたしは、「何と温かな感触なのだろう」と、心うたれたものだ。

学校の創立は、一九三五年である。つまり、六十年にわたって子どもたちが擦りへらした凹みであった。鉄筋の学校がゆうに建てられるだけの費用を費やしておこなわれた改修であったが、階段の凹みまでは直されなかったようだ。

手すりは、子どもたちの手で磨きあげられ、光沢を放っている。褐色がかった木目が、百年以上も前から生き続けている命を主張しているようでもあった。

わたしが通った小学校も、木造校舎だった。先生に見つからないように、階段の手すりに跨《またが》ってよくすべり下りたものだった。へまをして転落した子もいた。朝礼のときに、校長先生が、「絶対に階段の手すりを下りてはいけません」と、きつく注意されたことを覚えている。

おそらく、何百人かの子が、この手すりをすべり下りしたことだろう。手すりのところどころには、木片が打ちつけられている。いくら注意をしても、すべる子はなくならなかったのかもしれない。苦肉の策として、障害物を取りつけることになったのだろう。

木造の校舎は、子どもたちのありのままの姿を木目に沁みこませている。流した涙も汗も、こぼした墨や花瓶の水も、すべてを吸い込んで、何ごとなかったかのように平然としている。十年経てば十年分の子どもたちの生活を、三十年経てば三十年分の子どもたちの歴史を刻みこんでいるのが木造校舎の学校である。

戸棚の裏や縁の下の柱などに残された落書き、柱や羽目板に残された傷とともに、子どもの生きた証を蓄えてもいる。子どもたちが学び育つ所として、これ以上の環境はない。

初めて学校を訪れた人は、校長室や職員室に入ってくると、まず天井を見上げる。そして、「高い天井ですね」と、一様に感嘆した。長押《なげし》の上が普通の学校の倍も高かった。

この校長室で、高い天井を眺めながら、学校経営の構想を練ったものだ。順番を決めて、子どもたちと一緒に楽しく給食をとったことが思い出された。

六百人の子どもが在籍していたが、不登校の子は皆無に近かった。学校に対する保護者の協力や支援も、絶大だった。問題が起きたときなどは、教頭先生はじめ、多くの先生がたに助けられ、この木造の学校を最後に退職することができた。思い出というのは、感謝の念に変わって色褪せないもののようだ。

大規模改修で廊下の両端に部屋を造ってしまったが、それでも、木造校舎の廊下としては日本で二番めに長い。

『木造校舎』という本にも紹介されていたせいか、当時は取材に訪れる人も多かった。名のあるタレントが来られてテレビコマーシャル撮りが行われたり、テレビ番組製作の舞台として使われたりしてきた。わたしが退職した次の年には、『たけしの少年時代』という映画の舞台にもなった。

木造校舎は地域の誇りでもある。三十年後には百周年を迎えるが、それから先も、子どもたちや地域に親しまれる木造の学校であり続けてほしいと願っている。

二〇一二年十月二十五日

土器のかけら

わたしは、物置で工作用の道具を探していた。棚の上に重なっているブリキの箱や木箱を一つ一つ開けては、中を確かめていった。しかし、なかなか見つからなかった。

そのとき、なつかしいものが目に止まった。土器の入った箱だった。土器や石器がつまった箱はいくつかあるが、その中で、もっとも古い箱だった。そこには、小学六年生のときに初めて拾った土器が入っていた。探しものは、そこで中断した。

五センチ四方から七センチ四方ぐらいの土器片は、思い出といっしょに、木箱の中で埃まみれになっていた。

わたしは、土器の一つを取り出した。摩滅はしているものの、縄目の模様がはっきりと残っている。それらの土器を拾ったときのことは、脳裏に鮮明に焼きついている。

友達数人と担任の先生の家に遊びに行ったときだった。だれかが、「土器を拾いに行こう」と言い出した。彼は、鹿沼市の北西にある千手山公園の裏の畑から土器が出ることを知っていたらしい。

土器拾いには、先生もいっしょに行ってくださった。千手山公園の頂上まで行き、裏手の松林を抜けると、赤土の畑が見えてきた。春先の畑に、まだ作物はつくられていない。畑に入ってみると、透き通った石、真っ黒な石、灰色の固そうな石の破片が散らばっていた。それらが、瑪瑙、黒曜石、チャートだということは、あとで知った。

畑には、粘土の塊のようなものがあった。手に取ってみると、どう見てもただの土くれとは思われなかった。しばらくして、五センチ四方ぐらいのものを見つけた。そこには、はっきりと縄目の模様がついていた。まぎれもなく縄文式土器の破片だった。

縄文式土器が大昔のものだということは、教科書に書いてあったので知っていた。けれども、「大昔」とか、「古代」とかいうことばは、つかみどころがなく、頭の中で雲のように頼りなく浮いているだけだった。

ところが、小さな土器片を手にしたとき、頭の中の雲が、吹きこんできた新鮮な風に追い払われていくのが感じられた。そして、遠く過ぎ去った年月の先の方に、「古代」と言われる時代があったということを、真実のこととして受け止められたのだった。

土器のかけらは、拾いあげたときの冷たさはなくなっていた。いましがた、縄文人から手わたされたかのように温《ぬく》もっていた。わたしは、それを大事にズボンのポケットにしまったのだった。

それからまた、目を地面に這わせながら土器探しを続けた。

その後も、一人で千手山公園の裏の畑に行っては、土器片や矢じりを探した。

一センチ五ミリか二センチ足らずの瑪瑙や黒曜石の矢じりは、嘘のようにみごとな出来ばえだった。何の道具もなかった時代に、均整のとれた鋭利で美しい矢じりが作れたということが、とても信じられなかった。


菓子の入っていたボール紙の空き箱には、土器や石器が少しずつ増えていった。やがて、入れ物はミカン箱（当時、ミカンは木箱に入れられていた）に変わった。それでも入りきれなくなると、自分で木箱を作って、土器と石器を分けたり、出土した場所ごとに整理したりした。

石器を入れた木箱は、その重さのために底が抜けたこともたびたびあった。その都度、箱を増やし、打製の石斧、磨製の石斧、石の錘や皿というように分けていった。

土器や石器探しは、高校生、大学生になってからも続いていた。

国内を旅行したときなど、歴史資料館や博物館、古代遺跡に、自然と足が向いた。ベルリン（当時東ドイツ）のペルガモン博物館でシュメールの石造群を見たときや、イタリアで古代の建造物を目の辺りにしたときには、身震いするほどの感動を覚えたものだった。壮大な物語を秘めた遺物や遺跡は、わたしを限りない想像の世界へと誘ってくれた。


小学生のときに拾った一片の縄文土器は、わたしの脳の一部に、古代に通じる細い一本の時間の帯を刷りこんでいたのかもしれない。

いっしょに土器を拾いに行ってくださった恩師は、三年前に七十九歳で亡くなられた。葬儀の日、弔辞に立ったわたしは、土器拾いの思い出を織りこみながら、愛情をそそいで指導してくださった恩師への感謝のことばを述べさせていただいた。

わたしは、もう一度、土器を手に取ってみた。子どものころのなつかしい思い出の匂いがしていた。

二〇〇八年九月一日

Ⅳ

ふるさとのしだれ桜

桜日和とでも言えそうなうららかな日曜日の午後だった。姉は、母を車に乗せて桜の花を見に出かけた。

九十歳を超えた母の楽しみは、アルバムの写真を見ることだった。若いころに友達と写したもの、舞踊を習っていたころのもの、草花の写真、その中でも、ふるさとのしだれ桜の写真に寄せる思いは、とりわけ強かった。

母は、大きく引き伸ばされたしだれ桜の写真をクリアケースに入れて大切にしていた。母が子どものころに通っていた宇都宮市の城山西小学校の桜である。

そのしだれ桜には、こんな言い伝えがある。

「死ぬ前に、ひと目桜の花が見たい」という父親のために、息子は古賀志山の大日如来にお祈りした。次の朝、息子が父親を背負って外に出ると、小春日のような陽気だった。ふと桜の木を仰ぎ見た。冬だったにもかかわらず、桜の木は満開の花を咲かせていた。父親はたいへん喜び、やすらかに永《とわ》の眠りについた。村人は、その桜を「孝子桜」と呼んで大切にしてきたという。

母が持っている写真は、わたしの弟が母のために撮ったものだった。宇都宮市で教員をしている弟が、宇都宮の城山西小学校を訪れた折に、満開の桜をカメラに収めたらしい。「孝子桜」が満開になる土曜、日曜日は、毎年、「桜祭り」が開催される。新聞や宇都宮のタウン誌で紹介されるようになり、近隣の市や町からもたくさんの見物客が訪れるようになった。その数は、年々増え続けているという。

弟がその写真を持ってきたときには、母は、それはそれは大喜びだった。その様子を見ていた姉は、さっそく、母を車に乗せて、母校の「孝子桜」見に連れていったそうだ。しだれ桜を眺め、

「今年もふるさとの桜を見ることができた」と、母は満足していたにちがいない。

かつて、「宇野千代さんが、淡墨の桜を救った」という、ニュースが新聞に載ったことがあった。樹木医の手当ての甲斐あって、淡墨の桜はみごとによみがえった。母は新聞に

載ったその写真を切り抜いて、アルバムに貼って大事にしていた。母が比較的元気なころだった。

あるとき、東京で宇野千代さんの講演会があるという新聞広告を目にした母は、姉に無理を言って連れていってもらった。

帰ってきた母は、それは有頂天だった。母は、宇野千代さんの小説はほとんど読んでいたし、宇野さんの奔放な生き方についても、実に詳しく知っていた。そんな宇野千代さんに会えたことが、とにかくうれしかったようだ。さすがに着物は買って来なかったが、桜の花の版画を注文してきたと言う。

一週間ほどして、その版画は届いた。十号ぐらいの大きさだった。渋い紫の地に桜の花びらを散りばめたデザインだった。その額を床の間にかざって、母は毎日眺めていた。

その後も、亡くなられた宇野千代さんを忍ぶように小説を読み返したり、カレンダーになった淡墨の桜の大きな写真を切り取ってはアルバムに貼ったりして楽しむ母だった。

母の桜好きの原点は、ふるさとにあるように思われる。自分が通った学校の満開のしだれ桜、親戚の家の隣にある薬師堂のしだれ桜は、母にとってふるさとの象徴そのものだったにちがいない。

テレビや新聞で桜の開花が報じられるとき、母の脳裏に描かれるのはふるさとの桜だったのだろう。満開の桜は、懐かしい子どものころの思い出へとつながる「花のかけ橋」だったに違いない。

最近の母は、火燵《こたつ》に入ったままでいることが多くなっていた。そんな母に、「ふるさとの桜を見せてあげたい。そして、喜んでもらいたい」、そう思って、姉はハンドルを握っていたことだろう。

しばらくして、ふるさとのしだれ桜が見えてきたとき、車を止めて、姉は、

「ほら、薬師堂の桜が満開よ」

と、言ったそうだ。

ところが、「母の目はどこを見ているのかはっきりしなかったの」と、家に帰ってきてから、姉は寂しそうに言った。

母の認知の度合いは、日を追うごとに低下してきている。母がお世話になっている老人介護施設のショートステイから家に帰ってきたときなど、「ここはどこ?」と、聞くこともある。

「ふるさとの桜が見たい」ということを、母が、もう望むこともなくなってしまうのだろうかと思うと、言いしれない寂しさがわたしの心の中に広がってきた。

二〇〇六年四月二十九日

鍋焦がし山

母のいちばんの苦手は、台所の仕事だった。

母の作るナスの油炒めやけんちん汁はうまかったし、家族の者みんなが好きだった。母が、台所の仕事が嫌いだということを、わたしは知らなかった。

気づいたのは、わたしが教員になって、家から学校に通うようになってからである。わたしが学校から帰ってきても、母がいないことが多かった。どこへ行っているのかさえも分からない。暗くなって帰ってきた母は、「今日は、〇〇さんと、△△さんの家に遊びに行ってきたの」「今日は、〇〇さんと、山へ行ってきたの」と、まるで夕飯のことなど気にとめていないのである。

近くに住んでいるわたしの姉が、家に来たときだった。母の調理の話になった。

「お母さんは、以前はカレーとか、ハンバーグとか、いろいろ作っていたわよね」

「ケーキも作ってくれたね」

「けれど、いまは、仕方なしに台所の仕事をしているという感じがするよ」

「台所の仕事は、もともと好きではなかったみたいね」

そんな会話から、姉は、昔のことを思い出したのだろう。

姉が、まだ家にいたころ、編み物を習っていた。勤めから帰ってきて、急いで夕飯を食べて出かけないと遅れてしまう。それで、夕飯の用意を早めにしておいてくれるように、母に頼んでおくのだが、用意しておいてもらえなかった、という。仕方なく、編み物教室から戻ってきて、九時過ぎに、一人で夕飯を食べたのだ、という。

母が、姉のために早めに夕食の支度をしてくれたのは、泣いて頼んだときだったとか。

母は、元来、のんきなところがあった。台所で、何か煮物をしていても、その場を離れてしまうことがよくあるのだ。ガスに火をつけているときに限って、庭に出なければならないような用事を思い出すらしい。たとえば、生ゴミを庭の隅の菜園に埋めにいく、というようなことである。ところが、それだけではすまず、伸びている雑草に気づいて、草取りを始めてしまうらしい。

そうなると、煮物をしていることなど、すっかり忘れしてまって、庭の草取りに没頭してしまうとか?

しばらくして、母が家に入ってきたときには、部屋に煙が充満し、煮物の焦げた匂いがたちこめている、という状態になっている。

離れにいたわたしが、焦げた匂いに気づいて、母屋の台所に駆けこむこともある。

すると、焦げた煮物を前にして、母がにが笑いをしているのである。

そんな場面に出合ったことは、一度や二度ではない。

「また、やっちゃったね」

と言うと、母は、

「庭で、ちょっと草を取っていただけなんだけれどね……」

母は、言いわけめいた説明をする。そして、

「わたしは、『鍋焦がし山』なのよ」

母は、悪びれることもなく言うのである。

相撲取りのしこ名のような「鍋焦がし山」は、母のふるさとの山である「古賀志山《こがし》」になぞらえた自嘲のことばだった。そこには、

「わたしは、もともと古賀志山の麓の生まれだから、鍋を焦がしてしまうのは、仕方が

ないのよ」という意味が、こめられている。

家族の者が知らない間にも、母は、ずいぶんと鍋を焦がしていることがあるようだ。しかし、わたしに、「また、鍋を焦がしたね」と、言われるのは嫌だとみえて、クレンザーを使って、鍋をきれいに磨くらしい。

あるとき、母が、近所に住んでいるKさんと道で出会った。Kさんは、鍋を焦がしてしまったので買いに行くところだったようだ。

それを聞いた母は、

「鍋を磨くのは得意なの。その鍋を持っていらっしゃいよ。磨いてあげるわよ」

と、言ったという。

「真っ黒で恥ずかしいわ」と言って、持ってきたKさんの鍋を、まったくもとどおりのように、きれいに磨いてあげたらしい。

数日後、わたしと母がお茶飲みしているところに、Kさんが見えて、

「この間はね、おばさんのおかげで、鍋を買わずにすんじゃったのよ」

と、うれしそうに言った。すると、母は、

「何と言っても、わたしは『鍋焦がし山』だからね」

と、すましていた。

Kさんが帰ったあと、母は、夕飯の支度に取りかかった。やがて、サバの煮付けを作っているのか、甘い香りが部屋じゅうに立ちこめていた。

二〇〇七年五月十四日

朽ちかけた柿の根

わたしの自宅（栃木県鹿沼市）の玄関の棚に柿の木の根が置いてある。長さ五〇センチメートル、高さ三〇センチメートルぐらいの、お世辞にもきれいとは言えないしろものだった。もちろん、磨きあげられたものではない。ただの朽ちた根である。どちらが上なのか、下なのか、それさえ判然としない。

その柿の根に、九十歳近いYさんが目をつけられた。

Yさんは、ときどき母のところへ遊びに見える。Yさんの奥さんが、母の友達だったので、以前はよく行き来していた。

しかし、二年前、奥さんが亡くなられた。その寂しさからか、母のところへよくおしゃべりに見えていた。

第二次大戦のとき、水兵だったYさんは、真珠湾攻撃の航空母艦に乗船されていた。家に来られると、Yさんは、生々しくも凄惨な戦いの様子を話しておられた。

わたしの父は、陸軍兵として六年間フィリピンに行っていた。その間の苦労が身に滲みている母にとって、戦争は、忌まわしくも、忘れられないことだったのだろう。年齢の近いYさんと、戦争が共通の話題だったのは不幸なことだが……。

いつも、Yさんは庭を通って廊下の方へ来られていたのだが、その日に限って玄関から入って来られた。そして、柿の木の根に気づかれたらしい。Yさんは、

「これは、よい形の根ですね。このままにしておくのはもったいないですよ。わたしが、磨いてあげましょうか」

と、柿の根の角度を変えながら眺めておられたとか。

Yさんは、その日のうちに娘さんの車に積んで、自宅に持っていかれたと、いうことだった。

それから二週間ほどして、Yさんが、見違えるほどきれいになった柿の根を抱えて、訪ねてこられた。

朽ちたところは削り取られ、不要なところは切り落とされて、やや小振りにはなったが、形が整えられていた。

透明ラッカーを塗って仕上げた根は、見違えるほどの立派な置物に変わっていた。何かの動物に似ているというわけではない。変化に富んだ形の根は、台にのせると、いっそう引き立って見えた。

わたしが、感心して、

「器用なのですね」

と、言うと、

「流木を拾ってきて、削ったり磨いたりして置き物を作るのが好きなんですよ。近所の人にあげると、喜んでくれるんです」

と、Yさんは、いかにも得意そうな表情になられた。

間もなく、九十歳になろうとしているYさんだが、まったく年を感じさせなかった。

柿の根を玄関の棚にのせて置いていたのは、母にとって父親の思い出につながるものであったからである。

母が三歳のときに、父親は亡くなったそうだ。小さかったので、父親の記憶は、まったくないと、母は言っていた。それだけに、父親への思慕は強かったようだ。

母の父親は、わたしにとっては祖父である。祖父についての話は、母の兄である伯父から聞くことがすべてだった。

祖父は、末っ子の母を、とりわけかわいがっていたようだ。麻引きをしている祖父のところへ行って、小さかった母がどんなにいたずらをしても、叱ったことがなかったという。

祖父は、学校の校長から、「ぜひ、先生になってほしい」と、強く望まれたが、農家を継がなければならなかったので、断った、という。何でも、算術が得意だったそうだ。

祖父が亡くなったときには、近所のお金持ちの旦那が、「俺の片腕がいなくなった」と、それはそれは大泣きされたという。

そんな祖父が、向かいの山に仕事に行ったときは、朽ちた柿の木の虚に煙草を入れておいたのだと、いう。ひと休みするときには、柿の根に腰をおろし、一服したのだとか。

母は、その柿の根がどうしてもほしかったらしく、伯父に頼んで山から掘り出してもらったのである。

祖父が煙草を入れておいたという柿の根は、母にとって、ありし日の父親を想像できるただ一つのゆかりの品だったのだろう。

いま、新しく生まれ変わった柿の木の根は、花瓶に挿された季節の花に引き立てられて、玄関の棚に置かれている。

　朽ちた柿の根の置物は、わたしにとっても祖父を忍ぶ唯一の品であり、どんな高価な置物にも換え難いものとして、これから先も、ずっと玄関にあり続けることだろう。

二〇〇一年二月二十五日

淡墨桜

障子の隙間から差し込む二月の陽の光は、明るく澄んでいてまぶしい。その柔らかな温かさで、地下の生き物たちに目覚めを促す。いつまでも火燵《こたつ》に潜ってはいられない気分にさせてくれたのも、そんなやさしい日ざしだ。

わが家の軒先には、梅の盆栽が置いてある。外へ出て見ると、その梅の小枝に二つ三つ、白い花が咲き始めていた。

この時期になると、早くも桜の話題が取りざたされ、桜前線を報じたテレビ局もある。家には、いくつかの旅行会社から観桜バスツアーのパンフレットが届いていた。どれも河津桜や吉野の桜などの見事な写真が、見る者の旅心を掻き立てている。

母の座椅子の横には、何冊もの写真のアルバムに混じって桜の写真の貼ってあるものがあった。カレンダーから切り取った写真や絵はがきだった。そこには、子どものころに校庭の桜を描いた記憶や桜の花を愛でた娘時代の思い出もいっしょに貼ってあったのだろう。

わたしの知る限り、母は淡墨桜《うすずみざくら》や滝桜など銘木と言われる桜を観たことはない。テレビや新聞、それにカレンダーなどで見ただけだった。どんなにか満開の桜を自分の目で眺めたかっただろう。それが叶わなかった母は、空を埋め尽くすように咲いている桜を、心の中いっぱいに想い描いていたのだろうか……。

節分が近づくと、母は、「河津桜の蕾は、いまにも開きそうにふくらんでいるかもしれないね」などと、何回も口にしていた。母のことばが、昨日のことのように今もわたしの耳に残っている。

ある日、わたしはテーブルの前に座って、何とはなしに目の前の本棚を見ていた。そのとき目に止まったのが、宇野千代の『生きて行く私』だった。母は、宇野千代のどこに心引かれたのか、小説や随筆をよく読んでいた。わたしは本を手に取って、パラパラとページをめくってみた。「薄墨桜」という活字が目に入った。その本には、母から何度となく聞かされていた淡墨桜（現在は「淡墨桜」に統一されている）のことが書かれていた。

小林秀雄から淡墨桜の話を聞いた宇野千代は、すぐさま岐阜県の根尾村（現本巣市）へ出かけた。淡墨桜は、一九四九年に岐阜県の産婦人科医前田利行氏によって蘇生が図られていた。宇野千代が枯死寸前の無残な淡墨桜を見たのは、それから二十数年後のことである。継体天皇お手植えと伝えられる老桜をみすみす枯死させてはならないという声が、稲妻のように宇野千代の心に響いたのかもしれない。「何ごとにも感動すると、すぐに行動しないではやられないのが、私の性癖」と自認していた宇野千代は、早速、知事や新聞社に手紙を書き、淡墨桜の救済に動きだした。

淡墨桜の根元には、継体天皇御製の歌が書かれているという。

　みの代と遺す桜は薄住よ
　　千代にその名を栄盛り止むる

「薄住の桜よ、この美濃の地で見事に咲きほこって、のちのちの世までもその名をとどろかせてほしい」と願いつつ、この地を去られたのだろうか……。

一九九五年、妻の父が病床にあったときだった。「桜が観たい」と言ったのを覚えていた母は、早速、花屋から大きな桜の枝を買ってきた。そして病院に義父を見舞った。母には、桜の花が観たいという義父の気持ちが、自分のことのように思えたのだろう。その義父は、翌年の二月、桜を観ることなく他界した。

母が九十歳を超したころだったか、わたしは車で六キロほど離れた母のふるさと（宇都宮市）の薬師堂の桜を観に連れていった。桜のよく見える位置に車を止めると、母は何も言わずに眺めていた。それからしばらくして、「きれいだね」と、ポツリと言った。それは、「もう十分観たから車を出してもいいよ」という合図でもあった。母は、薬師堂のしだれ桜の下で友達とままごとをして遊んだと話してくれたことがあった。ほんのわずかな時間、母は幼い日の思い出の万華鏡を覗いていたのかもしれない。一時なりとも、老いの哀しさを忘れさせてくれるふるさとの桜の花であったということなのか……。

二〇〇七年、その母も九十三歳で亡くなった。

わたしは、母の手垢のついた『生きて行く私』を妻に見せた。少しして、妻は、「今度、淡墨桜を観に行きませんか……お義母さんの分まで淡墨桜を観に……」

と、桜の花の好きだった母のことを思い出してか、しみじみと言った。

二〇一一年二月五日

父からの手紙

父の十三回忌と母の三回忌の法要を同時にとりおこなったのは、二〇〇八年十二月の初旬だった。

早朝の堂内は、澄んだ冷気に満たされていた。わたしは、身をこわばらせて住職さんの読経を聞いていた。わたしの後ろでは、四歳になったばかりの娘の子が、歌でも歌っているつもりなのか読経のまねをしている。そんなひ孫を笑顔で見つめているような、祭壇に飾られた写真の中の父母だった。

焼香がすみ、檜の香りのする二本の塔婆を住職さんからいただいて墓地へ向かった。そのときだった。ふだん思い出すこともなかった古い記憶が心によみがえってきた。戦地から届いた父の手紙のことだった。

父が召集されて南方戦線へ送られたのは、一九四一年だった。その時、わたしは三歳だった。

終戦後、会社勤めをしていた母は、帰宅すると、すぐにラジオのスイッチを入れた。台所の仕事をしながらも、母は、復員者の氏名を読みあげる放送にきき耳をたてていたようだ。父の所属する部隊の消息をつかみたいと、祈りながら聞いていたに違いない。

母にとって、戦死したという知らせのなかったことが、父の復員を信じるせめてもの手がかりだったのだろう。しかし、一九四五年が過ぎても、父は帰って来なかった。

母は何も語らなかったが、ひたすら、望みを次の年につないでいたのかもしれない。

食べ物の工面は容易ではなく、母が若いころに買った着物はサツマイモやカボチャに消え、いよいよ父の着物に手をつけなければならなくなったらしい。父の着物を食べ物に換える前の晩、母は、「あなたが気に入っていたこの着物ですが、明日、食べ物に換えさせていただきますね」と、父に謝るように言ったという。父からの手紙が届いたのは、食料難まっただ中の一九四六年二月だった。母には、神様から届いた手紙のように思えたことだろう。

姉の記憶によると、父からの手紙は、便箋というよりも、封筒を開いたような青みがかった手紙だったらしい。その文面は、たったの数行だったという。

　ところが、何と書かれているのか、母には読むことができなかったらしい。近所の何人かの人にも訊《き》いてみたが、どの人も首をかしげるばかりだったという。

　思案の末、母は一キロほど離れた父の兄の家を訪ねた。凍えるような寒い晩だった。街灯もない暗い夜道を、肩をすぼめ、かじかんだ手で耳をこすりながら、星明かりを頼りに母と姉の三人で歩いていった。伯父の家に着いて部屋に上げてもらったときは、その暖かさに救われ、肩の固さがほぐれた。

　伯母が、手作りのお菓子を出してくれた。ドーナツというものだった。ほおばると、ごま油の香りが口の中いっぱいに広がった。甘かった。こんなおいしいお菓子を口にしたのは初めてだった。幸せな気持ちになりながら、姉とわたしは少しずつ味わって食べた。

　わたしと姉がドーナツをご馳走になっていた間に、訪ねてきた事情を話した母は、手紙を伯父に見せていたようだ。そのときの状況は、あとから母に聞いて知った。

　伯父は、手紙を見るなり、語気を強めて、

「竹雄は帰ってくるぞ!」

と、叫んだという。

文面には、

すめらぎに召されし命ながらへて

寂しく帰る故郷の道

という歌だけが、書かれていたという。それは、父が詠んだ最初で最後の歌だった。

「検閲をおそれて、戦地から帰ることをあからさまに書くわけにはいかなかったので、歌にして伝えようとしたんだな。それも、変体仮名を崩しに崩して、読み難くしたんだ。これじゃ、なかなか読めないわけだ」

父の無事を知った伯父の喜びようは、それはたいそうなものだったらしい。

伯父に手紙を読んでもらって、家に帰るときの母の心は、二月の夜の寒さも感じられないほど温かかったことだろう。「お父さんが帰ってくるよ」と、母は、道々わたしたちに話しかけていたに違いない。しかし、そのときのことばは、わたしの記憶にはない。ただ、凍りつく寒さの中、夜空を彩る星を眺めながら、三人で肩を寄せ合って帰路についたことは、鮮明に覚えている。

父が帰ってきたのは、それから八か月後だった。五年半ぶりの復員だった。姉とわたしへのみやげは、汽車の中でおばあさんからいただいたという小さな青いみかんだった。

二〇〇八年二月六日

終戦記念日

暦には、日々何かしらの記念日が刻まれている。そして、八月十五日（二〇〇八年）、六十三回目の終戦記念日を迎えていた。

北京オリンピックのまっ最中だった。どのテレビ局も、熱病にかかったかのように狂喜している世界中の人々の映像を流し続けている。また、別の局では、高校球児たちが熱い闘いをくり広げる蜂の巣のようにも見える甲子園を映し出していた。

その日が終戦記念日であることなど、忘れているかのようだ。

道路に出てみた。いつものお盆休みとは違って、車の通りが少ない。人は家でテレビの前に釘付けになっているのか、ガソリン高騰のため、自動車の運転を控えている人も多いのか、あるいは、その両方なのか……。

外は小雨が降り続いている。

終戦の日を迎えたのは、わたしが小学校二年生のときだった。母から戦争が終わったことを聞かされたとき、わたしは、「これからは、空襲警報もなく、B29に脅えることもない。防空壕に逃げこむこともなくなったんだ」と思って、胸をなでおろしたのを覚えている。しかし、「戦争で、日本がアメリカに負けた」ということを、どう受け止めてよいのか、子どものわたしには分からなかった。

しかし、日が経つにつれて、いつしかわたしの心からも「終戦」ということばが消えていった。B29が発する不気味な機銃掃射の音も忘れて、来る日も来る日も、友達と遊びほうけていた。

その翌年、父が戦地から復員してきた。それからは、本のページをめくるごとに、物語が新しい展開を見せるように、社宅から社宅への引っ越しがくり返された。六回目の移転先が、退職をしてから建てた現在の家だった。

老年に入ってからの父は、酒を飲むとフィリピンの現地人から教わったという歌をよく歌った。「パロンパロンボーケー」という歌だった。きれいな蝶が野山を舞う内容らしかった。あるとき、父が酒を飲みながら、色紙に向かって筆を走らせていたことがあった。部隊長が詠んだという短歌だった。

幾千尋バシーの海は深くとも
　なほ深からむ友の恨みは

たくさんの戦友を失った悲しみを思い出して、一人苦い酒を飲むこともあったのだろう。
その父も、一九九七年の元旦に、新年を祝う酒を飲むこともなく、長い旅に発った。

わたしは、ある歌を思い出していた。

帰るなき機をあやつりて征きしはや
　開門よ母よさらばさらばと
　　鶴田正義

これは特攻記念館（鹿児島県知覧）の庭に建てられている歌碑に刻まれていた歌である。
二十歳前後の若者が、出撃する前夜、三角兵舎の中で眠れない夜を過ごし、詠んだ辞世の歌だったのだろう。
彼もまた、開門岳を一巡し、帰るべき燃料も積まずに出撃していったに違いない。そのとき、彼の胸のうちには、己を育んでくれたかけがえのないふるさとと、千人針の晒を持たせてくださった懐かしい母親の面影が去来していたことだろう。自分の一命を投げうって戦うことが日本のためになると信じて疑わなかった若者は、紙切れのように散った機体とともに海に消えていったのだろう。

彼は、終戦から六十三年が過ぎたいま、多くの日本人が盆休みに海外旅行を楽しんでいることも、甲子園球場で高校野球の熱戦が繰り広げられていることも知らない……。

五年前に鹿児島を訪れたとき、若者たちが特攻機の翼をひるがえして別れを告げた開門岳は、昔と変わることない雄姿を今に見せていた。長崎鼻の灯台から見渡した東シナ海は、多くの若者の命を呑みこんだことなどなかったかのように、静かに凪《な》えていた。

しかし、いまも広島や長崎の原爆慰霊碑には、新たな名が刻まれているという。そればかりか、いまだに被爆者と認められない人たちが数多くいる。その人たちにとって、戦争は、まだ終わっていない……。

一方において、八月十五日が終戦記念日であることを知らない若者が増えている。それどころか、六十三年前に日本がアメリカと戦争をしていたと知って驚く大学生がいるという。「終戦」ということば自体が、遠い過去の遺物でもあるかのように、確実に風化の一途をたどっている。ある著名な方が、「こういう時代だからこそ、戦争を語り継がければならない」と話されていたことが、重く心に残った。

いつものお盆には、庭の桂の木からセミの多重奏が聞こえていたのだが、今年は静かだ。セミたちは、雨に濡れた幹にしがみついたまま、鳴くに鳴けないでいるのだろうか……。

二〇〇八年八月十五日

父のテーブル

父が亡くなってから五年が過ぎたころだった。父が使用していたテーブルは、事務室として使っていた部屋に置かれたままになっていた。

小豆色の塗装は、部分的に剥げてささくれだっている。しかし、その上にマットをのせておいたところは、昔のままの色とつやを残している。

そのチーク材のテーブルは、わたしが学生だったころに、家庭教師のアルバイトをして買ったものだった。かれこれ四十年も前のことである。当時の金額で五千円。確か二か月分のアルバイト料だった。貧乏学生には不似合いなくらいしっかりとしたテーブルだった。

テーブルの上には、手製の本立てと電気スタンドを置き、勉強したり、ラジオから流れる音楽を聴いたりしたものだった。

大学を卒業したわたしは、日光市の小学校に赴任することになり、家を離れた。丁度その年、父は長年勤めていた会社を早期退職し、労務管理事務所を開いた。それで、わたしのテーブルは、父が使うようになったのだ。

顧問先の会社を回ってくると、父は、まず大きなコップに大好きな酒をなみなみとついできて、テーブルの前に座る。そして、チョビリチョビリと呑みながら仕事をするのが常であった。

顧問を担当する事業所が増えるに従って、父の酒の量も多くなっていった。わたしは、再三にわたって、「事務を手伝ってくれる人を頼んだら」と言ったが、父は聞き入れなかった。父は、一人で気ままに仕事をしたかったようだ。と言うより、酒を飲みながら、のんびりと仕事をしたかったのかもしれない。

会社に勤めていたときも、筆字を書かなければならないときがあると、「酒を用意するように」と、上司が事務員に命じたというから、父の酒好きは公認だったらしい。何のことはない。そのころからアルコール中毒だったということである。

二十年間、父はこのテーブルで仕事をしていた。飲み過ぎて居眠りをしていることもたびたびあった。煙草の火を落としてつけた焦げ跡もしっかり残っている。誤ってコップの酒をこぼしたこともあったに違いない。そんな酒を滲みこませたテーブルは、背を丸め、老眼鏡をかけて事務を執っている父の姿と一つになって、わたしの記憶にとどまっている。

父の事務室の隣は、弟たちの勉強部屋だった。二人の弟は、二段ベッドとテーブルを置いて使っていた。しかし、弟たちが独立して家を離れてからは、物置同然になっていた。わたしは、そこをもう一つの自分の部屋にしようと考えた。

わたしの家は、母の家の裏手にある。しかし、父が亡くなり、高齢の母を一人にしておくことができなくなってからは、ときどき母のところに泊まるようになっていたのである。ダンボール箱やら腰かけやら、普段はほとんど使われていないものを、すべて物置に移動してしまうと、小ざっぱりとした部屋がよみがえってきた。そこに新たに購入したベッドを据え、父が使っていたテーブルを運び込んだ。雑巾で埃を拭きとったところで、わたしは椅子に腰かけた。懐かしさもあって、煙草の焦げ跡の残るテーブルを手で撫でた。ざらついた表面は、すでに父の面影と温もりを感じさせるものになっていた。

袖の引き出しのいちばん上を開けてみた。小箱がたくさん並んでいた。名刺、印鑑、ゼムピン、ペン先、鉛筆、硯と筆、綴じ紐……。愛用の印鑑は、終戦後、外地で何もすることがなくなったときに自分で彫ったのだと言っていた。それらが一つ一つの箱にきちんと入れられ、父の几帳面さがそのまま収められているようであった。

二段目、三段目、大きな引き出し、どこを開けても、切手、封筒、用紙類などが、整然と入れられていた。

今でも、すぐに仕事に取りかかれる状態で整理されているのを見たとき、父の誠実な仕事ぶりが目に浮かぶようであった。

いちばん下の引出しには、道具類が入っていた。金槌、錐《きり》、ペンチ、ドライバー、小さな鋸、枝切り鋏、切り出しナイフなど、みんな父の手垢のついたものばかりだった。

父が仕事で使っていたゴム印や書類は、思いきって処分した。しかし、それ以外のものを別の所に片付けてしまう気にはなれなかった。そのまま、そっとしておきたかった。フィリピンのジャングルの中を一人さ迷ったり、銃弾の破片を十数箇所も背中に受けたりしながら、戦地から帰ってきた父だった。常々、「おまけの人生だ」と言っては、酒を飲みながら仕事をしていた父だった。

小豆色のテーブルは、父の思い出といっしょに、ずっとわが家にあり続けるだろう。

二〇〇二年九月二十七日

コオロギの鳴き声

深まりゆく秋の夜だった。わたしは浴槽に深々と体を沈め、足先から湯に溶けていきそうな快い気分にひたっていた。

夜のしじまを彩るかのように、無数のコオロギの鳴き声が響いている。わたしは、虫の声に聴き入っていた。ところが、ひときわ透きとおるコオロギの鳴き声がするのに気づいた。

「コロコロコロ……、コロコロコロ……」

それは、これまでに耳にしたことのないような清らかな響きだった。

早々に風呂を出たわたしは、急ぎパジャマを着て廊下のガラス戸を開けてみた。しかし、沁み入るようなコオロギの鳴き声がするのは、中庭ではなかった。南の部屋のガラス戸を開けてみたが、そこでもなかった。

わたしは、北側の部屋の窓を開けた。朗々とした鳴き声は、新しくできた道路の向こう側から響いていた。まさに天上に流れる笛の音といった響きだった。ナトリウム灯が周りをオレンジ色に染めている。その辺りが、異空間でもあるかのように澄みきったコオロギの鳴き声で満たされている。わたしは、窓辺に寄りかかって、心が洗われるような音色に耳を傾けた。

そのとき、わたしの瞼に浮かんできたのは、コオロギを見つめている今は亡き父の姿だった。

平成元年のころ、父は、まだ労務管理の仕事をしていた。いつもなら仕事を切りあげて茶の間に戻ってくる時刻だった。ところが、その晩に限って、いつになっても戻ってこなかった。

父は、酒を飲みながら仕事をしているうちに、寝こんでしまうことがたびたびあった。そんなとき、大学生だった娘が、「おじいちゃん、風邪をひきますよ」と、声をかけていた。そして、父の背中にはんてんをかけてやっていた。

それに気づいた父が、「ありがとう」と、言っているのを、わたしは隣の部屋にいて何度も耳にしていた。

また酒を飲み過ぎて眠ってしまったのだろうかと、心配になったわたしは、父の仕事部屋へ行ってみた。しかし、父は眠ってはいなかった。コップの酒は空になっていたが……。

父は、椅子に座ったまま、何かをじっと見つめていた。わたしは、

「何をしているんだい？」

と訊《き》くと、父は、

「うん……」

と、聞きとれないような声で応えた。

さきほどまで、父が数字を記入していたらしい書類の上で、コオロギが一匹、羽根を震わせていた。ペンを置いた父は、それをじっと見ていたのだ。

よほど居心地がよかったと見えて、コオロギは涼やかに鳴き続けていた。

コオロギを見つめる父の顔は、穏やかそのものだった。老眼鏡の奥の父のやさしいまなざしを見たとき、わたしは次に言おうとしていたことばを呑みこんだ。

静かに流れている時間を乱したくないという気持ちから、わたしはだまって父の仕事部屋を出た。

わたしは、いつまでも澄んだコオロギの鳴き声を聴いていたかった。しかし、首すじに肌寒さを感じ、窓を閉めて部屋に戻った。

あのとき、父は何を考えながらコオロギを見つめていたのか、それは疑問符がついたまま、ずっとわたしの心にひっかかっていた。わたしは、紙切れを取り出して、年号と父の年齢を書きつけた。

一九六三年、二十数年間勤めた会社を早期退職した父は、労務管理事務所を開設した。父が五十歳のときだった。

そして、「平成元年、父が七十五歳」と書いたとき、初めて、あることに気づいた。父が労務管理の事務所を閉じた年だった。

父は、コオロギの鳴き声を聴きながら、仕事からの引退を考えていたのかもしれない。もしそうだとしたなら、開業当時のことを懐かしく思い出していたことだろう。そのころの父は、まだ年金が下りる年齢には達していなかった。生活費や弟たちの教育費をまかなうために、一日も早く仕事を軌道に乗せようと、必死だったに違いない。

コオロギの涼やかな鳴き声を酒に溶かしながら、父は、安らいだ気持ちで昔を思い出していたのだろうか……。

父が事務所を閉じたのは、それから間もなくだった。

虹色の笛の音にも似たコオロギの鳴き声が、わたしの心に父の姿を呼び起こし、長いこと消えなかった疑問符を終止符に変えてくれた不思議な夜だった。

二〇〇八年九月十三日

V

猫とウサギとニワトリと

娘は、二児の母である。

たまに宇都宮に住んでいる娘の家に行くと、二人の孫は、芝生の庭に出て、縄跳びやボール蹴りなどをして元気に遊んでいる。上の子は、小学三年、下の子は二歳六か月。どちらも女の子である。

下の子は、上の子が縄跳びをしているのを見て、自分も跳びたくてしかたがない。綱を持たせると、それを振って、ただ跳び上がっているだけである。それでも満足げに声をあげて笑いながら遊んでいる。

そんな孫たちを見ていて、わたしは、娘が小さかったころのことを思い出していた。

娘が幼稚園に入る前だった。そのころの家の前は草原《くさはら》だった。ススキが背丈ほども伸びていて、娘の格好の遊び場でもあった。

家では、猫とウサギとニワトリを飼っていた。

猫は、昔から飼っていたが、ウサギは、母が、近所の家からいただいてきたものだった。

ウサギには、野菜の切れはしを与えることもあったが、放し飼いにしておくことの方が多かった。

ニワトリは、前の年の暮れに、妻の父親が、クリスマスの七面鳥がわりにと、紐で足をしばって、持ってきてくれたのである。親戚からもらってきたらしい。

翌朝、立つこともできずに、玄関で羽根をバタバタさせているニワトリが可哀そうになって、わたしは紐をほどいてやった。そして、腹がすいているだろうと思って、御飯を食べさせた。

二日ほど玄関に入れておいたが、廊下に上がってきて、やたらと糞をする。これには困りはてた。結局、庭へ放すことになった。逃げてしまったらそれもよい、と思った。

しかし、ニワトリはどこへも行かなかった。日中は草原を歩き回り、夜は庭の高い木の枝に止まって眠った。

娘が草原に出ると、必ず猫がやってくる。そこへウサギとニワトリもやってきた。ウサギは草を食み、ニワトリは虫をつかまえたり、土を掘ってはミミズを食べたりしている。娘が走ると、そのあとから猫が走り、ウサギが跳ねながらついていく。あとからニワトリが、ひょこひょことあとを追うのである。

草原に敷いたゴザの上で、娘が眠ってしまうこともある。すると、猫も娘の横で眠った。ゴザの回りでは、ウサギとニワトリが退屈そうに歩き回っているのである。

卵を生まなくなったニワトリは、すんでのところで人間に食べられてしまうところだった。しかし、草原で自由に遊んでいるうちに元気を取り戻したらしい。

前の草原の地主が、草刈りに来られたときに、仕事の途中で家に来られた。そして、

「こんなにたくさん卵がありました。あっちこっちのススキの根元にあったんです」

と、両手に卵をのせて差し出された。

地主のおじさんが草刈りに見えたときには、母は、決まってお茶を入れていた。お茶を飲みながら世間話をするのを楽しみにしていたのである。おじさんは、

「狭い小屋の中で、配合飼料ばかり食べているニワトリの卵ではないから、この卵は栄養満点ですよ。それにしても、お宅のお嬢ちゃんは、猫とウサギとニワトリと、いつでも

いっしょだね」

と、笑いながら言った。

母は、にこにこ顔で、

「気が合うのかしらね」

と、応えていた。

その日、母は、地主のおじさんに、卵を五個お礼がわりにと持っていっていただいた。

ところが、いつのころからか、ウサギの姿が見えなくなってしまった。


それから、何か月かが過ぎた。

ある朝、母が、娘の寝ていた布団をたたもうとして、かけ布団を持ちあげたのだとか。するると、そこに妙なものがあるのに気づいた。母が手に取ってみると、何とウサギの頭蓋骨だったという。

母は、そのことを裏の奥さんに話したそうだ。奥さんは、

「あのウサギは、死んでからも、恵美ちゃんに遊んでもらっていたんだね」

と、感心したように言っていたという。

ウサギは、たぶん、野犬にでも襲われたのだろう。何か月も過ぎて、すっかり骨だけになった頭蓋骨を草むらから見つけ出した娘は、寝床まで持ちこんでおもちゃにしていたというわけである。

そんなことがあったことなど、覚えているのかいないのか、娘は、かいがいしく子どもたちのおやつをテーブルの上に並べていた。

二〇〇七年六月三十日

スイカ

わたしたちには、二人の子どもがいる。現在は、どちらも結婚し、親に心配かけることもなく、そこそこ幸せに暮らしている。

娘夫婦も息子夫婦も、二児の親として、子育てに一所懸命である。

息子は、多忙な会社勤めをしながら、日曜日などには、家族で公園や遊園地に出かけたり、泊まりがけで子どもたちをディズニーランドに連れて行ったりしている
そのたびに、「おみやげだよ」と、クッキーやナッツなどを届けてくれる。そんな息子のことを、妻は、

「いつも仕事で忙しいのに、いいお父さんをしているみたいね」

と、顔をほころばせている。

息子の話になると、わたしたち夫婦は、決まって、悲しい思いをさせてばかりいて、悪

かったなという気持ちで、胸がいっぱいになるのである。

娘が生まれたときには、わたしたちも、まだ若かったので、それほど重要な仕事を任されてはいなかった。それで、新幹線を使ってあちこちに連れて行くことができた。

しかし、娘のあと、六年経って、やっと生まれた息子が小学校に入るころには、わたしたちも中堅の域に達していて、家に持ち帰ってする仕事の量も膨大になっていた。

夏休みにどこかへ連れて行きたくても、二人が同時に休暇を取るのが難しくなっていた。

休日に、海へ行きたいという息子を連れ、車で茨城県の河原子へ行ったことがあった。

波打ちぎわで、喜々として遊んでいる息子を眺めながら、わたしたちは、腕時計を見ては、帰る時刻ばかり気にしていた。

濡れた海泳パンツを脱がせ、着替えさせたまではよかった。ところが、息子は、

「泊まりたい。泊まっていきたい」

と、ごねた。

しかし、わたしも妻も、仕事がたまっていて、泊まるわけにはいかなかった。

悲しそうに泣く息子をなだめなだめ、車に乗せて帰ってきたのだった。

仕事の都合がつけば、思う存分、海で遊ばせたかった。しかし、それができなかった。

どんなにか、泊まって、次の日も海で遊びたかっただろうと思うと、今でも胸が痛む。普通なら、楽しくおしゃべりをしながら帰るところだが、そのときばかりは、暗い気持ちだった。わたしは、ひたすら車を走らせていた。そのとき、突然、妻が、

「車を止めて!」

と、叫んだ。

車を道路の左に寄せて、止めると、

「スイカを買いたいの」

と言った。

道路わきに、スイカを売っている屋台があったのは分かっていたが、すでに、十メートル以上も通り過ぎてしまっていた。わたしは、ゆっくりと車をバックさせ、屋台の少し手前に停車させた。

泊まれなくてがっかりしている息子に、妻は、どうしたら機嫌を直してやれるかを考えていたようだ。そのとき、見つけたのが道路わきでスイカを売っている屋台だったのだ。

息子の前では何も言わなかったが、妻は、車を降りると走っていった。

しばらくして、妻は大きなスイカを二つ抱えて戻ってきた。

「棚の上には、安い値札がつけられていたのに、それは、まとめて三つ買った場合の、一つの値段なんですって」

と、不服げに車に乗りこんできた。それでも、息子の笑顔を取り戻したい気持ちの方が強かったらしく、高い値段のスイカを買ってきたのだ。

「お店の人が、手で叩いてみて、『これは熟れているよ』と言っていたのを買ってきたの。家に帰ったら食べようね」

と、後部座席に座っていた息子に話しかけていた。

しかし、息子の萎えた気持ちを、スイカで立ち直させることはできなかった。そのときの、いかにもつまらなそうな息子の顔を、わたしたちは、今も忘れることができない。

そこから、一時間半以上もかかって、やっと家に帰り着いた。

その日の晩、買ったスイカを割ってみた。白みがかっていた。食べてみたが、少しも甘くなかった。妻は、

「何だか騙されたみたい。もう、屋台では、スイカは買わないわ」

と、悔しがった。

スイカの味とともに、わたしたちの晴れない思い出の日になってしまった。

息子は、そのときのことを覚えているに違いない。しかし、海水浴に行ったことや、その帰りにスイカを買ったことについて、その後息子の口から一度も聞くことはなかった。

二〇〇八年二月二十三日

トンボのいる庭

七月に入ったばかりの庭には、早くもトンボが飛び交っていた。

小学三年生になる孫が小さかったころ、トンボをつかまえたくて仕方がなかった。三歳ぐらいのころだった、と思う。

その当時、娘夫婦は宇都宮のマンションに住んでいた。

土曜日や日曜日など、娘夫婦は孫を連れて、わたしたちの家に遊びに来た。

七月半ばともなると、庭にはたくさんの赤トンボが飛び回っている。孫は、初めのうちはこわがって触ることができなかった。しかし、羽根を持たせては、すぐに放させているうちに、少しずつ慣れて、自分でつかまえようとするようになった。

孫は、小さなおや指と人さし指を開いて、草花の葉に止まっているトンボに、そっと近づく。しかし、トンボをつかまえるには、腕が短すぎる。指先がトンボに届かないうちに、飛んでいってしまうのである。そんなことを何度もこころみたあと、孫は、わたしに手助けを求めてくる。

「じいちゃん、取って、取って」

「わかったよ。いま取ってあげるからね」

そう言って、つかまえたトンボの羽根を持たせてやる。初めの二、三回は、暴れるトンボに驚いて、手を放してしまったが、少しずつ慣れていった。

孫は、箱にダンゴ虫を集めたり、アマカエルの背中に指で触れたりして、なかなか家に入ろうとしない。

危険なことがあってはと、孫に付き添って遊びの相手をするのは、もっぱらわたしの役割だった。「孫のお守りは疲れるな」と、言うこともあったが、案外、自分でも楽しく遊んでいたような気持ちもする。

その後が大変だった。宇都宮のマンションへ帰るために、孫を車に乗せようとしても、乗りたがらないのである。

困りはてた娘夫婦は、

「途中で、アイスを買ってあげるから、早く車に乗ろう」

「早く帰らないと、雷が鳴るかもしれないから、急ごうね」

と、気をそらしたり、怖がらせたりと、ひと苦労するのである。それでも、孫は、

「帰りたくない。じいちゃんちでもっと遊ぶの。もっと遊ぶの」

と、泣きながら訴える。

親は、あの手この手で孫をなだめ、やっと、車のチャイルドシートに乗せて帰っていくのである。

たまに娘の家に行くと、孫は、箱からいろいろなおもちゃを出してきて、「遊ぼう」と、誘う。しばらくは孫の相手をするのだが、帰ろうとして立ち上がると、別のおもちゃを次次に出して、「これで遊ぼう」「これで遊ぼう」と、せがむのである。

「帰らないで。もっといっしょに遊んでほしいよ」という、孫の気持ちが何ともけなげだった。

孫をがっかりさせたくないという気持ちから、ついつい孫の出してきたおもちゃで二回、三回と、遊びの相手をするのが常だった。

あるとき、ベランダから、回りの景色を眺めていた妻が、部屋に入ってきて、

「眺めがよくて、いいマンションね」

と、微笑んだ。するとすかさず孫が、

「マンションは、庭がないからつまんないの。花がないからいや。トンボがいる家の方がいいの」

と、不満そうに言った。

わたしは、孫の言うとおりだ、と思った。アリに菓子をやったり、クモの巣にかかったトンボを助けたり、そんな遊びから学ぶことは多いはずだ。

若い夫婦は、口にこそ出さなかったが、子どもの気持ちをよく分かっていたようだ。

庭のある家を新築したのは、それから一年後だった。家の前は桜並木だった。庭には芝を張って、孫の自由な遊び場とした。

桜の時期には、家にいながらにして花見ができ、娘夫婦はもとより、孫も、その新しい家がとても気に入ったようだった。

あるとき、娘がもらした。

「庭にはトンボも飛んでくるけれども、ヘビが出てきたり、タヌキが来たりもするのよ」

そのとき、わたしは、

「いいじゃないか。それだけ自然がいっぱいなのだから」

と、答えたような気がする。
小学生になった孫は、小さいときに、「トンボのいる家がいいの」と言っていたことなど、いまは覚えていないに違いない。

二〇〇七年七月六日

栗の木

今年（二〇〇七年）は、例年になく栗がたくさん実った。

その栗の木は、わたしの母が、孫のためにと、友達の栗林に生えていた五〇センチたらずの苗をいただいてきて庭の東の端に植えておいたものである。

子ども好きだった母は、茸取りに山へ出かけた折には、孫へのみやげとして、松ボックリやドングリの実を拾ってきた。

わたしも妻も勤めていたので、二人の子は、何から何まで両親にお願いしていた。娘と息子は、祖父母にかわいがって育てられ、わたしたち夫婦は、安心して仕事に精をだすことができたのである。

一年、二年と経つうちに、栗の木は二メートルを超すまでに大きくなった。玄関へ通じる道の横であり、ここで大木になられては、あとあと困ることになる。そう判断したわたしは、栗の木を西の土手ぎわに移植した。

その近くには、もう一本の栗の木があった。しかし、大きくなった杉の木の日陰になって、実をつけなくなってしまっていたのである。その代わりにしたいという思いもあった。

土手には、クルミの大木もあった。秋の終わりごろになると、母は、クルミの実を拾い集めていた。

冬、火燵《こたつ》に入って、テレビを見ながら、家族でクルミを食べたものである。二人の子どもたちも、喜んで食べていた。

ところが、土手の補強工事をすることになり、クルミの木は伐採されてしまった。幸運にも、移植した栗の木は、伐採をまぬがれたのである。

いまでは、直径三〇センチ近くなって、毎年大きな栗を落としてくれる。庭に立っていると、栗が「ストン」と落ちる音が聞こえてくる。それは、まぎれもなく秋の音だった。

朝食をすませたわたしと妻は、庭の草取りをしようかと、話し合っていたところだった。

娘から、突然電話が入った。

「急な仕事が入って、群馬県に行くことになったの。子どもを見ていてもらえない?」

と、言う。

草取りはあと回しになった。わたしと妻は、さっそく、宇都宮の娘の家に行った。そして、二歳七か月になる孫を車に乗せて、鹿沼のわたしたちの家に戻ってきた。娘の家にいるより、自宅の方が孫を遊ばせやすいし、食事の用意をするのにも都合がよいからである。孫は女の子なので、縫いぐるみの人形を抱いたり、寝かせつけたりして遊ぶのが好きだった。そうかと思うと、すべり台で人形と一緒にすべり下りたりして遊ぶのである。すべり台で遊ぶときには、わたしがついていた。

それに飽きると、今度は庭へ出たがった。わたしは、バケツを持たせて栗の木の下へ連れて行く。孫は「あっ、栗！」「こっちにも！」と、足もとに落ちている栗を見つけて大喜び。二十個も拾うと大満足だった。孫娘は、それを持って帰りたいと言った。

この日のおやつは、アイスクリームと栗だった。茹でた栗を包丁で二つに切ってやると、孫は、スプーンを使い、栗の実をすくってうまそうに口に運んでいた。

次の日の朝、今度は、息子から電話があって、「昼前に行く」ということだった。わたしは、息子の子に栗を拾わせようと思った。

それで、栗の木の下に行き、いがをバケツに拾い集めた。孫が走り回って、足にいがのとげを刺しては大変だからである。バケツにいががいっぱいになると、何回となく土手の下へ投げ捨てに行った。

十一時ごろ、息子夫婦が孫を連れてやって来た。三歳になる男の子は、しばらくの間、テレビのまんがを見ていた。区切りのよいところで、わたしは、

「さあ、栗拾いをしてこよう」

と、孫を外へ連れ出した。

孫には、大きなポリバケツを持たせた。栗の木のところへ行くと、辺りにはたくさんの栗が落ちている。それを見た孫は、「あった。ここにも、ここにもあった」と、体じゅうで喜びを表現しながら、夢中で栗拾いを始めた。

十五分としないうちに、バケツの半分以上にもなった。拾い終わったところで、家に戻ろうとした。孫がバケツを持とうとしたが、重くて持ち上げることができなかった。結局、わたしが手伝って玄関のところまで運んできた。

妻に栗をビニール袋に入れてもらった孫は、喜んで帰っていった。

母が、孫のためにと植えた栗の木であったが、喜んで栗を拾っているのは曾孫たちである。

娘や息子の嫁は、今年も栗の渋皮煮を上手に作って持ってきた。妻が作った渋皮煮と味比べをしながら、お茶を飲むのも、秋の彼岸の楽しみの一つだった。

子どもや孫たちと墓参りに行ったとき、わたしは、墓前に手を合わせながら、栗拾いや渋皮煮のことなどを父や母に報告した。

二〇〇八年九月二十二日

わが家のクリスマスイブ

ジングルベルの曲が流れてきた。どこかの店の宣伝カーが、町のあちこちを巡っているのかもしれない。今日は、クリスマスイブ。町の店々は、さながらおとぎの国のように飾られていることだろう。

わが家には、朝から二人の孫が来ていた。両親が仕事で東京に出かけるため、預かったのだ。上の孫は小学二年生、下は二歳になったばかりだ。どちらも女の子である。下の孫は、ときどき思いだしたように、「ママー、ママー」と、ベソをかいた。その度に、妻はおんぶをしてなだめていた。すると、孫は、

「ワンワン、ワンワン」

と、言う。

隣の家の犬を見に行きたい、ということだった。妻は、冷たい風の中へ出ていった。

今年の初めごろは孫も軽かったから、おんぶしていてもどうということはなかった。しかし、いまはずっしりと重くなった。一時間もおんぶするとかなり疲れる。妻が、

「替わってくれる？」

と、言う。

常々腰痛を訴えている妻は、無理をすれば、また医者通いをしなければならない。孫をわたしの背に移すと、腰をさすりながら台所へ入っていった。

今度は、わたしが外へ出て、犬を見せに行ったり、電線に止まっているカラスに注意を向けさせたりして、母親を思い出させないように気を紛らわせた。そのとき、またジングルベルの歌が聞こえてきた。わたしは、「そうだ、クリスマスツリーを飾ってやろう」、と思った。

家に戻って孫を下ろし、上の孫に見ているように頼んだ。

わたしは、急いで庭に出た。そして、トラノオが植えてある鉢を玄関に運び入れた。それは、二十年以上も前に娘や息子のために、クリスマスツリーを飾ってやった木だった。

物置に行って電球を探し出し、それを木に巻きつけ、ベルや星、モールや綿の雪を取りつけた。孫を抱いてきて、スイッチを入れた。赤、黄、青の豆球が点滅するのを見て、孫

は、わたしの腕の中でとび跳ねながら、「きれい、きれい」、と声をはり上げた。

これで、母親を思い出してベソをかかなくなるだろう、と思った。案の定、孫は、一人で玄関に下りてベルに触ったり、星を引っぱったりしていた。しかし、上の孫は、ツリーにはあまり興味を示さず、日本昔話のテレビに夢中になっていた。

親たちは、出かけるときに、「六時ごろには帰れると思う」と、言い残していった。時計を見ると、とっくに六時は過ぎている。

上の孫に妻が訊いた。

「夕飯はどうするの?」

「どこかで食事をするって、ママが言っていたの」

「じゃあ、家に帰ってから、ケーキを食べるの」

「そう、アイスケーキだよ」

しかし、七時近くなっても親たちは帰ってこなかった。妻は、いつまでも待たせておくことはできないと、夕食のしたくを始めた。娘から電話が入ったのは、そのときだった。

「車が渋滞していて、いまやっと、大宮まで来たの。鹿沼に着くのは八時過ぎになるかもしれない」

わたしは、そんなことだろう、と思った。クリスマスイブで東京の町中もいつも以上のにぎわいを見せていたことだろうから。

居間に下の孫の姿が見えないな、と思って玄関に行ってみると、やはり、ツリーの前に座って遊んでいた。わたしは、

「寒いから、お部屋にはいろう。もうすぐ御飯だよ」

と、抱いて居間へ連れ戻した。

妻が、テーブルの上にカレーライスを用意したところだった。時計を見ると八時だった。

二人の孫は、コップの水を飲んでから、カレーライスを食べ始めた。下の孫の姿が、いかにもけなげに見えた。孫たちは、どんな思いで両親が帰ってくるのを待っているのだろうと思うと、早く帰ってこない親たちを責めたい気持ちにもなった。

親たちが帰ってきたのは、結局十時を少し過ぎてからだった。玄関に入ってきた母親に抱きついたのは、上の孫だった。そして、下の孫は父親に抱き上げられた。

どこかで食事をすることも、もしかしたら家でケーキを食べることもフイになり、ただただ待たされた孫たちだった。

見送るために外にでると、寒さが体の中まで沁みてきた。孫たちは、眠そうな目に安堵

とうれしさを漂わせ、バイバイをしながら車に乗って帰っていった。
夜空には、星がいっぱい瞬いていた。

二〇〇六年十二月二十五日

VI

野の花に誘われて

わたしは、盛岡のホテルの一室で目を覚ました。ベッドから抜け出して、カーテンを開けると、まばゆいばかりの夏の光の束が飛びこんできた。部屋じゅうに砂金がまき散らされたように感じた。今日も暑い日になる、そんな予感が、頭の中を走った。

昨日は、宮沢賢治ゆかりの地を訪ね歩き、豊かな気持ちになって花巻の駅に戻ったのだった。そこから上りの新幹線で帰ることもできた。しかし、あえて下りの新幹線で盛岡へ逆戻りした。

わたしには、行ってみたいところがあった。深沢紅子美術館、つまり「野の花美術館」だった。

何年か前に、志賀かう子さんの『やさしさについて』という講演を宇都宮市の文化会館で聴いたことがあった。そのときに、盛岡にある「野の花美術館」のことを話されたのである。そして、「機会がありましたら、お訪ねくださいというようなことを、おっしゃったのである。

絵ごころがあるわけではなかったが、絵を観るのは好きだったし、花の絵を部屋に飾ったりもしていた。それで、機会があったら、ぜひ行ってみたいと考えていたのである。

家に帰って、妻にその話をした。そして、「いつか行ってみないか」と、誘ったのはよいが、行く機会に恵まれたのはわたしの方であった。

仕事で青森の鰺ケ沢に二泊し、その帰りに弘前に泊まって、高速バスで花巻に向かった。夕方になって、この機会を逃すまいと、盛岡にとって返したのである。

昨日の疲れもあって、ぐっすりと眠ることができ、目覚めはよかった。顔を洗ったあと、湯を沸かした。朝食には、まだ時間がある。わたしは、テレビのスイッチを入れた。

ほどなくして、湯が沸騰した。わたしは、家から持ってきていたドリップ珈琲を茶碗にセットして湯を注いだ。

ゆっくりと珈琲を飲んでから、食堂へ下りていって朝食をとった。

少しの間、ロビーで新聞を読み、部屋に戻ったわたしは、ホテルを発つしたくにとりかかった。

ホテルの出がけに、「野の花美術館」がどこにあるかを訊《き》いた。すると、駅前の通りの東の方にあるということだった。

八月の強い日ざしを浴びながら、わたしは前かがみになって歩いた。リュックサックには、衣類やらみやげやらがずっしりとつまっていた。

わたしの横を勤め人ふうの若い男女が、何人も追い越していく。肩が痛くなると、わたしはリュックを下ろし、街路樹の木陰に身を寄せてひと休みした。汗を拭きながら、通りすがりの中年の女性に美術館への道を尋ねた。

「もう一つ北側の道を東に行くと橋があります。その橋を渡って左に曲がるとすぐです」

と、親切に教えてくださった。

教わったとおりに歩いて行った。前方に橋が見えてきた。それらしい建物も目に入った。管理人らしい中年の女性が、掃除をされていた。開館前だったが、快く入れてくださった。ロビーの壁面には、野の花の絵のレプリカがたくさん掛けられている。右手の売店には、本やはがきが並べられていた。

入館料を支払い、二階の展示室へ上がった。野の花の大きな額が、ところ狭しと展示されていた。道端であったら見すごしてしまうような花が、丹念に生き生きと描かれている。

一枚一枚の絵を観て回るうちに、わたしは、野原に出かけたような心地よいやすらぎを覚えた。こぼれるように咲きほこる野の花の甘い香りがたちこめているようにも感じられた。

野の花の絵に囲まれ、わたしは、一人ぽつんと立っていた。広いとはいえない空間には、他の美術館では感じられない温もりがあった。絵に描かれたたくさんの花々が、やさしく微笑みかけてくれているようにも思えた。

画家と小さな花々とが、同じ息づかいで、しかも、心まで通わせ合っているのではないか……と、思わずにはいられなかった。

画家は精魂をこめて描き、野の花は己の一生を精いっぱい生きている、そんな両者の間に昇華された共感のようなものが生まれていたのかもしれない。共に生きていることを喜び、謳い合っているようにも感じられた。

何の駆け引きもなく、あるがままを受け入れ合っているところに、共に生かされているという感謝の心が醸しだされ、それが観る者の心をとらえているようにも思えたのだった。

素人の勝手な思いこみで納得したとき、わたしは、

「訪ねてきて、ほんとうによかった」

と、うなずいた。そして、もう一度、館内の花々を眺めてから、ゆっくりと階段を下りた。炎天下を駅に向かう足取りは、軽かった。

二〇〇六年八月二十日

妻のイギリス旅行

梅雨空の鬱陶しい日だった。妻が、言いにくそうな口調で切り出した。

「友達から、一緒にイギリスに行こうと誘われているんだけど……」

「行ったらいいだろうな」

「いいの？」

「いいよ」

「本当にいいの？」

妻は、目を輝かせながら念をおした。

「遠慮することないから、行ってきたら」

母の介護をわたしに任せて行くのが、申し訳ないような気持ちがしていたようだ。

誘ってくれたのは、大学時代からの親しい友人のKさんだった。

イギリスのコッツウォルズ地方や湖水地方、それにハワーズを巡り、詩人や文学者に因んだ舞台や英国庭園などを観て回るのが目当てのようだ。

妻は、さっそく明るく弾んだ声でKさんに電話を入れた。そのときから、妻の頭の中は、イギリス旅行のことでいっぱいの様子だ。

旅行は、七月上旬で、まだ一月も先だというのに、早くも、物置からスーツケースを取り出してきた。小物を袋に入れてはスーツケースに収めている妻は、うれしくてたまらないというふうだった。

イギリスに出かけるまでの一か月間は、あっという間に過ぎた。そして、ついに出発の日を迎えた。

朝早く、わたしは成田行のバスの停留所まで送っていった。早朝にもかかわらず、息子の嫁が二人の孫を連れて見送りに来てくれた。

「バスに乗りたい」と、泣き出す孫に手を振りながら、妻は、いそいそとイギリス旅行に出かけていった。

旅行中、何回か妻から家に電話が入った。

「夜十一時に鹿沼の高速バス停留所に着くので、迎えに来てほしい」

というのが、最終の電話だった。

こうして、九日間にわたる妻のイギリス旅行は、無事に終わった。

それからが、また大変だった。毎晩、旅の話が続いた。

「イギリスはよかったわ。また行きたい」

妻は、「また、行きたい」ということばを、何度も口にしていた。よほど感激したらしい。

「どこへ行っても、町や村に特色があって、すてきなの」

「歴史の重みがつまっていたわ」

と、妻の頭の中はイギリスのことでいっぱいになっているようだ。

写真をプリントしてくると、一枚一枚示しては、念の入った解説を加え、聞かせてくれた。それがすむと、旅で仲良しになった隣町のSさんや長野県の人へ送る写真をまとめたり、手紙を書いたりしていた。

みやげ物の整理も大変だった。ピーターラビットのバッグやスタイ（子供用前かけ）、村で人気の手作りクッキー、靴下、スカーフ、マフラー等々、座敷に並べては、娘や息子、その連れ合いや孫、友人へのみやげを袋に入れていった。

なかでも、妻が大事に持ち帰ったのは、ウェッジウッドの二脚の紅茶茶碗だった。こわれないように衣類で何重にもくるんでスーツケースに入れて運んできた。

十時のお茶の時間になると、そのウェッジウッドの茶碗で紅茶を入れてくれた。オードリーヘップバーンゆかりの紅茶店で求めたという紅茶だった。菓子は、なかなか買えないという手づくりのジンジャー・ブレッド。おかげで、高貴で優雅な気分を味わわせてもらうことができた。

イギリス人の多くは、働くときは町に住み、退職したら田舎に引っ越して、花を育て、庭づくりをするのが夢だという。

そんな人たちの心豊かな生活をかいま見てきたせいか、妻は、紅茶を入れることが多くなった。「心を潤すようなティータイムをわが家にも」と思っているのかもしれない。

妻がイギリスから帰って間もなく、テレビの旅番組みでイギリスが取り上げられていた。妻は、テレビの前に座りっぱなしで、「あっ、ここは行ったよ」「あそこも見てきたの」と、これまた、旅での感動を思い出して、「ああ、もう一度行ってみたい」と、呟いていた。

わたしには、妻の気持ちがよく理解できた。かつて、わたしが海外旅行から帰ったときも同じだった。ベルリンの壁やバッハの教会、ルッツェルン湖やルソー島がテレビに映ったときは、その前に釘付けになったものだった。

その後、妻と年齢も近かったSさんとは、特に気が合ったと見えて、電話でしゃべったり、喫茶店で会ったりしていた。

朝、新聞が届くと、妻は、まずテレビ番組に目を通した。

「あっ、湖水地方の番組がある」

そう言うと、Sさんに電話で知らせた。

帰国後の妻は、イギリスの大ファンになっていた。「今度いっしょに行けるといいね」と言う妻の願いが、いつの日か叶えられるとよいのだが……。

二〇〇六年八月二十五日

月見草

わたしが一人旅をして別府まで足をのばしたのは、一九九八年の八月だった。

Tさんの声が聞きたくなって、別府の宿から電話をいれた。突然の電話に、Tさんも驚かれたようだ。Tさんは、朝治町（現在は竹田大野市）に住んでおられた。

「えっ、別府からですか？　分かりました。明日の朝十時に、駅に迎えに行きます」

それは、まったく予期しないことだった。

Tさんは、文部省教員海外派遣団のメンバーとして、東ドイツ、スイス、アメリカなどの学校を訪問した仲間だった。視察したのは、ベルリンの壁が崩壊する前年だから、二十年も前のことである。

帰国後、九州に出かけた折に、Tさんの家に泊めていただいたことがあった。しかし、再びこうして泊めていただくことになろうとは、考えもしないことだった。

笑顔で迎えに来てくださったTさんは、車を運転しながら、「ぜひ月見草の咲くところを見てほしいんです」と言われた。それがどういうことなのか、そのときのわたしにはよくのみこめないでいた。

食堂ではやい夕飯をご馳走になり、Tさんの家に着いたときには、夕闇の薄いベールが辺りをおおい始めていた。Tさんは、

「もう、そろそろですよ」

と、促すように言われた。

腕時計を見た。七時半になるところだった。わたしは、Tさんのあとからついていった。庭から一段下がったところに畑がある。通路の両側に月見草が植えられている。太い茎から出た枝には、たくさんの蕾がついている。Tさんは、その中の一つの蕾を指さされた。

「この蕾、いま開きますよ」

たくさんある中でも、大きい蕾だ。四センチぐらいはありそうだ。わたしは、Tさんが指さされた蕾を凝視していた。

三、四分もしただろうか。それまで固くとじていた蕾が、一瞬緩んだ。帯が解けたかと思われるような瞬間だった。まるで殻を出たばかりのちぢれた蝶の羽根が開いていくよう

に、目の前で蕾は徐々にふくらんでいった。

足もとで漂い始めた闇が濃さを増していく静かな時を確かめるかのように、ゆっくりゆっくりと花びらが開いていく。夕闇に繰り広げられる命の神秘的な営みに立ち合っているような気分だった。

やがて、黄色の花が開いて闇に浮かびあがったとき、Tさんが、

「これを見てほしかったんですよ」

と、顔をほころばせながら言われた。

「初めて見ました！」

わたしは、そのときの心の底から静かにこみ上げてくる感動をことばにできなかった。

腰を伸ばして辺りを見回した。自分の回りでいくつもの黄色の花が、月に向かって語りかけるかのように闇に揺れている。いまにも、月見草の妖精たちの宴が始まりそうな、幻想的な光景だった。

「耳を澄まして聴いていると、ポッと、かすかな音がするんです」

Tさんの声が、闇の中に聞こえた。

わたしは腰をかがめ、いまにも咲きそうだった大きな蕾に顔を近づけて、聴き耳をたてた。

一、二分経ったころだろうか。さっきと同じように、蕾がかすかに動いた。そのときだった。「ポッ」と、かすかな音が、わたしの耳に届いた。
「聞こえましたよ！」

固く結んだ帯が、「キュッ」と音をさせて緩む、そんな一瞬の音のようでもあった。

「ねっ。すごいでしょう」

Tさんのことばには、とてつもない発見を分かち合えたという童心が輝いていた。小さな草花の発したかすかな音は、自然界の神秘をかいま見せてくれたように、わたしの心に響いた。無頓着にも、景色を眺めて楽しむだけのわたしだったが、見なれているはずの月見草が、このときばかりは実に新鮮で愛らしく映った。

「月見草の花が咲くのをすっかり見終わって、それから、下の田んぼを飛ぶ蛍を見てから家に入ると、もう九時になってしまうんです。だから夕食は、それからなんです」

笑いながら言われたTさんのことばは、すずやかな風のようにも聞こえた。草花や虫と心を通わせ、お二人で仲睦まじく暮らしておられることを、まぶしくも強く印象づけられたのだった。奥さんが、

「いくつ咲いたかは、朝、下に落ちている花を数えると分かるんです」

と、にこやかにおっしゃった。

Tさんの家の月見草は、NHKテレビで全国に放映されたという。家に入ってから、そのビデオを見せていただいた。プロの撮ったみごとな月見草の映像に、わたしは、幸せそうな今夜のT夫妻の姿を重ねて合わせていた。

その夜、わたしは、心も体も羽毛に包まれたような温かさの中でやすませていただいた。

二〇〇八年三月二十三日

四万十川の源流

わたしと妻が四国めぐりのツアーに参加したのは、二〇〇六年の八月だった。頭上から照りつける太陽に迎えられての旅であった。

パンフレットに旅の見どころの一つとして、「四万十川の源流・檮原《ゆすはら》」と書かれていたことに、わたしは興味をそそられていた。

かつて、わたしが師と仰ぐ金井里子先生から一冊の本を贈っていただいたことがある。『四万十川の源流・檮原讃歌』という題名の本であった。その内容は、金井里子先生のご主人と、いまは亡き友人との友情の絆を甦らせる檮原紀行である。

ご主人と友人とは、東京の大学の同期生であった。太平洋戦争のさなか、ご主人は大学を卒業後、教職の道に進まれた。一方、友人は卒業証書をご主人に託し、郷里に帰ることなく出征されたのである。しかし、その友人が、戦地から生きて帰ることはなかった。

返却すべき人を失った卒業証書をどうすることもできないまま、金井先生のご主人は、長い間大切に保管しておられた。

定年退職を機会に、ご主人は、卒業証書を友人の実家にお届けしようと決心されるのである。しかし、友人の出身地がどこであるかも分からない。そこでご夫妻は、友人が口にしておられた地名を頼りに、何度となく京都や高知へと足を運ばれるのである。せっかく出向いたものの同じ地名はいくつもあり、途方にくれたこともあったそうである。けれども、友人につながる糸の端は、落胆の先にあった。やがて、お二人の足は友人の縁者へと導かれ、やっと辿りついたのが檮原の地であった。

友人の実家を訪ねられたご主人は、ついに卒業証書を亡き友人の仏前にお届けするという宿願を果たされたのである。

この話は町の話題となり、「卒業証書五十三年ぶりに帰郷」の見出しで、高知県の新聞に掲載された。

金井里子先生は、そのときの檮原行を「心の旅」であったと、述懐されておられた。

檮原川は、三〇〇以上もあるといわれる四万十川の支流の中で最も大きい。檮原への旅は、まさに四万十川の源流を訪ねる旅でもあった。ご主人にとっては、友人との友情の原点を探りあったのかもしれない。

帰京する前日、お二人は四万十川を舟で下られた。小舟に揺られ、宿願を果たすことができた喜びを、お二人で分かち合われていたに違いない。そして、濤々と流れる四万十川の光り輝く水面に、金井先生は、共に長い人生を歩んでこられた夫婦愛の結晶を見ておられたのでないだろうか……。


わたしたち夫婦の乗ったバスは、国道一九七号線を通って檮原町に入った。しばらくの間、なだらかな坂道が続いた。しだいに道は狭くなり、傍らの谷は、ますます細くなっていった。緑濃い木々に囲まれた集落が見えてきたのはそのときだった。

ご主人の友人が、「子どものころ、米は食べなかった。アワとキビが主食だった。米を作る田んぼがなかった」と、話しておられたという。事実、どこにも平らな所は見あたらなかった。

檮原は、脱藩した坂本龍馬が同志と身を潜めた所でもある。それほどに山深く、隠れ住むのに格好な山里だったのだ。「檮」は、役に立たない木の総称であるという。しかし、今はその字が似つかわしくないほどに、杉の木が鬱蒼としている。

いつしか、細くなった谷川はわたしたちの視界から姿を消していた。目に入るのは、道の横を流れる溝のような堀だった。檮原は、まぎれもなく四万十川の源流に位置する山里だった。

『檮原讃歌』の最終のページに、写真が載っていた。小舟に乗られたお二人の後ろ姿の写真だった。寄り添われたお二人の丸い背中に、四万十川はねぎらいのやさしいことばをかけてでもいるように小舟を揺らしていたことだろう。友人のもとへと続く心の旅を終えられたお二人は、たとえようもないほどの清清しさを味わわれていたに違いない。

大河の一滴も、野山にしみこんだ雨の一滴にすぎない。岩間から滴り落ちた雫は、やがて本流に辿りつき、長い長い旅を続ける。人生さながらの大河が、戦後の日本を代表する女教師の一人と言われる金井里子先生と、わたしの心の中で重なっていた。先生にはいつまでも健やかでいていただきたい、そんな思いを抱きながら車窓の景色を眺めていた。

ほどなくして、バスは檮原を通り過ぎた。

二〇〇六年十二月三十日

白川郷を訪ねて

わたしたちは、あわただしそうな客でにぎわっている十二月末の新幹線に乗っていた。そして、雪にうもれた白川郷を想像していた。

今回の旅は、「白川郷に行ってみたい」というわたしの願いに、A先生が計画をしてくださったものだった。

白川郷でバスを降りたわたしたちは、まず、辺りを見まわした。村のどこにも雪は見あたらなかった。

冬空に、高く屋根をいからしている合掌造りの建物は、厳しい気候や時代の変遷のなか生きぬいてきた村の人たちのひたむきな誇りを象徴しているようにも映った。それは、雪のあるなしにかかわるものでもなかった。

わたしたちが泊まる民宿は、バス停からすぐ近いところにあった。迎えてくださったのは、手拭いで頭を覆った女将さんだった。

「ああ、栃木の方ね」

少しも気取ったところを感じさせないあいさつだった。

野菜でも洗っていたのか、たすきをかけた上から紺色の割烹着を着ている。

「ちょっと散歩をしてきたいので、荷物を預かっておいてください」

「あ、、いいですよ」

ぶっきらぼうと言うか、飾り気のないことばに、ほっとしながら、わたしたちはカメラを持って外に出た。

一夜を頼むことになった合掌造りの建物を振り返った。ゆうに三五〇年は経っていると思われる建物だった。屋根の上には草が生えていた。A先生が、

「雪がないのが残念ですね」

と、ぽつりと言った。

曲がりくねった細い道を歩きながら、さまざまな角度から写真を撮った。屋根が傾き、枯れた茅にうもれた廃屋には、過疎の村の悲しさが漂っている。

北東の小高い丘まで足をのばした。合掌造りの家が、同じ向きに肩を寄せ合っている様子が一望できた。

白川郷を訪れる人たちは、日本の原風景に身を置き、自らの心の中に何かを発見したいという欲求にかられているのかもしれない。それとも、殺伐として乾ききった心に、小さな灯をともしたいという願いをたずさえてきたのだろうか。

高い山に囲まれた村の夕暮れは早かった。壁のように見えている山の背後には、白い牙がそそり立っていた。

やがて、その牙が、オレンジ色に染まり始めたのを見て、わたしたちは、宿に戻った。山合いから降りてきたらしい冷気が足もとを流れ始めていた。

その晩、わたしたちのほかに、もう一組の泊まり客があった。広島県から来たという家族連れだった。小学五年生ぐらいの男の子と夫婦だった、穏やそうな父親は、

「息子にせがまれて来たんですよ」

と、言った。

母親の言うのには、中学生のお嬢さんが、白川郷のことを教科書で知り、「家族で行きたい」と、言ったのだそうだ。昔のままの姿を残している合掌造りの村に、子どもながら

魅せられたものがあったのだろう。

ところが、いざ出かける段になって、そのお嬢さんは都合が悪くなり、来られなくなってしまったという。父親は、

「家族での旅行は、初めてだったんですよ」

と、残念そうな顔で話していた。合掌造りの宿に泊まったことや村の様子を聞いたならば、お嬢さんは、きっと、いつかは行ってみたいと言うに違いない。

燗をした酒を飲んでいても、寒さが背筋を這いあがってくる。しかし、偶然出会った人たちとの温もりが感じられる白川郷の宿でのおしゃべりは弾んだ。

部屋には、電気火燵を足もとにして、布団が敷かれていた。火燵が行火の代わりらしい。電気火燵に足を入れたまま、布団をかぶって横になった。しかし、いくら待っても、体が暖かくなることはなかった。

このままでは、寒くて眠れそうもにない。布団を敷いているにもかかわらず、背中が冷え冷えとして温まらない。寒さがからだの芯まで滲みこんでくる。

しばらくして、A先生が、

「これじゃ寒いわけですよ」

と、言った。

畳かと思っていたのは、畳表で、その下は板だった。わたしは、壁に掛けておいたコートを体に巻いて布団に入った。

生き抜くというのは、寒さに耐え忍ぶことでもあったのかもしれない……。

白川郷の夜は、しんしんと更けていった。

一九九八年十二月三十一日

時間の止まった学校

妻が校長として初めて赴任したのは、鹿沼市の西方に位置する梶又小学校だった。十一年前の一九九九年四月のことである。

学校から帰ってくるなり、妻は、

「『たろうコオロギ』に出てくるような木造校舎の学校で、子どもの数は、全部で六名なの」

と、言った。

それから毎日、学校であったこと、地域の人たちのことなどを細かく聞かせてくれた。

「今年は、入学式はないのよ」

たった一人の入学予定者がいたのだが、保護者の仕事の関係でよその学校への入学を希望しているという。

小規模校には小規模校のよさがある。教育活動は、保護者や地域の人たちの協力を得ながら行われることが多い。地域の人との交流もあり、二年間ではあったが、妻は、充実した日々を送ることができたようだ。

その梶又小学校が廃校になったのは、妻が他校に転勤して三年めのことだった。周囲を山に囲まれた梶又地区にダムが建設されることになったからである――。

閉校式が行われてから数年が経っていた。妻は、すでに退職していたが、何かにつけて梶又小学校のことを思い出していたようだ。

庭に植えてあるニリンソウやヤマブキソウの花が咲くころになると、妻は、決まって、

「これはね、学校の前の川を渡った山ぎわの土手で採ってきたの」

と、懐かしそうに話すのである。そして、

「学校は、いまはどうなっているのかなあ。一度行ってみたいな」

と、つけ加えた。

かつて、妻に案内されて梶又地区へ行ったことがあった。そのころの山は、杉の木が鬱蒼と生い茂っていた。いまはどんな様子なのか、わたしも行ってみたくなった。

さっそく、次の日の朝、梶又まで車を走らせた。ドライブをするには格好の日和だった。あちこちに咲いている桜を眺めながら、速度を落として西に向かった。

梶又までは、家（鹿沼市内）から約十一キロの距離である。田舎道に入ると、信号機はほとんどない。鹿沼の運動公園を過ぎて、その先のT字路を北上すると、梶又は間もなくである。

ダムサイトの手前には、「ダム建設絶対反対」の看板が、いまも掲示されたままになっていた。

さらに車を進めると、かつてあった家々は、すっかり姿を消していた。腰の高さほどの枯れ草が広がっている。

「ここには○○さんの家があったのよ」

と、妻は懐かしそうに一軒一軒教えてくれたが、その人を知らないわたしは、ただだまってうなずいていた。

突然、妻が、

「止めて」

と、言った。

細い道の端に寄せて車を止めると、妻は、すばやく降りていった。そして、草むらの中を覗きこんだ。

「ここには、ニリンソウがたくさんあったの。あっ、あった、あった。ねえ、降りてきて」

促されるまま、車を降りていって、妻が指さす方を見た。数株のニリンソウが、緑の草に隠れるようにして花を咲かせていた。

「この花を見ながら通ったのね……」

妻が小さい声で言っているのが、聞こえた。

わたしは周囲を見わたした。山の木はすべて切られ、急な斜面だけがもの忘れしたかのようにのっぺりと目に映った。山すそには、コブシの白い花がひっそりと咲いていた。

車に乗ってさらに進むと、右手に建物が見えてきた。校舎だった。伸び放題の木々の枝に覆われている。

車を降りて、校庭へ入っていった。庭は、タンポポの黄色い花でうめ尽くされている。

人気のない山里で、校舎も校庭の鉄棒やブランコも、時間が凍てついてしまっているように見えた。そんな学校を眺める妻の瞼には、校庭を走り回る子どもたちの姿が浮かんでいたのかもしれない。

「あっ、スイセンが残っている。チューリップもある。この辺には節分草もあったの」

妻は、主を失って痩せ細ったスイセンやチューリップの葉をじっと見つめていた。

花壇の横にしだれ桜が、花を咲かせていた。かつては、満開に咲き誇った姿を、子どもたちに描いてもらっていたことだろう。しかし、いまはだれに眺めてもらうこともなく、うつむいて咲いている。

妻とわたしは、校庭を一巡し、再び車に乗り込んだ。そして、時間の止まった学校をあとにした。

二〇〇六年四月十四日

木漏れ日の中を

澄んだ青空が広がる十月の半ばだった。

わたしは、友人と連れ立って、宇都宮の西の郊外にある「健康の森」へ足を向けた。そこは、栃木県によって管理されていて、保健衛生や福祉に関する施設のほかに、健康増進のための散歩コースが整備されている。

少し歩こうと、森の入り口まで来たとき、乾いた音をさせて足もとに転がり落ちたものがあった。ミズナラのドングリだった。わたしたちに森の実りを気づかせてくれるような丸々とした大きなドングリだった。

森は、秋の匂いに満ちていた。落ち葉の積もった木々の根元にさしこむ日ざしは、いかにも暖かそうだ。ナラ、ソネ、クリ、ケヤキ、カシなどの木々が、それぞれに秋の装いを見せて、わたしたちを迎えてくれた。

秋の陽を受けた葉が、新緑のころと見まがうような黄緑色をしている。それらが、褐色がかった葉と入りまじって、秋の風情をきわ立たせている。木漏れ日の降りそそぐ森の中は、さながら万華鏡を見ているようにまばゆかった。

起伏のない森の中の散歩コースは、幾筋もの小道に枝分かれしている。そのときの気分で道を選び、変化を楽しみながら歩けるように工夫されている。

森には、健康づくりをめざして颯爽と歩いている女性や夫婦連れの姿もある。真剣な眼差しで一歩一歩ゆっくりと歩いている高齢者は、健康を害し、それを克服しようとしているようにも見える。

ときどき、外国人ともすれ違った。年配の男性もいれば、中年の女性もいる。もう長いこと、この地域に住んでいるのかもしれない。慣れ親しんだ足どりで通り過ぎていく外国人も、それぞれの人生を送る途中で見つけた森だったのだろう。

「こんにちは」

突然、声をかけられて振り向くと、腕を大きく振り、膝を高く上げて歩いてきた四十歳前後の女性が、明るい笑顔を見せて通り過ぎていった。わたしたちは、あわてて、その人の背中に向かって、「こんにちは」と、あいさつをした。

先ほどわたしたちを追いぬいていった人が、しばらくして、また追い越していった。それほど、わたしたちはゆっくりと歩いていたらしい。

さっきまで囀《さえず》っていたシジュウカラの群れが去ったあと、今度は、ヤマガラらしい澄んだ鳴き声が聞こえてきた。

落葉樹の下で、年配の男性が、しきりに棒を放り上げているのが目に入った。道をはさんで、その様子を見ていた若い二人の男性が近寄っていった。すると、その男性たちも仲間に加わって、交互に棒を投げ始めた。

よく見ると、栗を落とそうとしていたのだった。秋の森で見つけたクリに、少年のころを思い出して挑戦してみたくなったのだろう。

森の切れたところまで来たとき、枯れ草をかき分けて、何か探しものをしている小学一年生ぐらいの男の子に出会った。その子は、わたしたちに気づいて顔を上げ、

「こんにちは」

と、あいさつをすると、また探し始めた。

「こんにちは。何を探しているの?」

「トカゲ。家で飼っていたんだけれど、逃がしてあげたの」

土手の上には、トカゲを入れてきたらしい紙の箱が置いてある。男の子は、トカゲを逃がしてやったけれども、いま一度、別れのあいさつをしようとしていたのだろうか。自然の中に心を解き放っている大人たちや子どもを見ていたわたしたちも、また、秋の森に溶けこんでいたのかもしれない。


わたしたちの前で、道が二手に分かれている。足が止まった。どちらの方に進むかを判断する一瞬だった。お互いに口にすることはなかったが、自分の老後の道を見定めようとしているのにも似ている瞬間だった。それぞれの道の前方には、木漏れ日の中を着実に歩いていく人の後ろ姿が見えがくれしている。

電車や道の駅と違って、人生の駅というのは、だれの目にも見えない。また、どこにあるのかも分からない。しかし、この森を散歩している人たちは、自分にとっての人生の駅を探そうとしているのかもしれない。だれもが、背筋を伸ばして、しっかりと前を向いて歩いている。明日を見据えて、自分自身の人生を生きようとしているようだ。そんな真摯な姿が輝いて見えた。
わたしは、黄金色にきらめく木漏れ日の中を、友人とまた歩き出した。

二〇〇七年十一月十日

武蔵野の面影

十二月（二〇〇七年）の半ば、寒気が関東上空まで南下していた。天気予報によると、晴れるけれども、一月の寒さだと言う。

わたしは、八王子にお住まいのK先生の家に行く用事があった。多摩方面には行ったことのない妻が、「ぜひ、行ってみたい」と言うので、一緒に出かけた。

先生のお宅に着いたのは午後一時ごろだった。用事をすませ、一時間ほどお話をして、早々に失礼した。

多摩センター駅から新宿行きの電車に乗ったとき、妻が、

「せっかくここまで来たのだから、深大寺に行ってみたいわね」

と、言った。

昨夜、妻は、東京周辺の旅行ガイドブックを出し、深大寺のページを見ていたのである。

それだけではなかった。偶然にも、神代植物公園で黄色いツバキの花が咲いたということを、過日テレビで紹介されたらしい。妻はそれを見ていたのである。

妻からその話を訊いて、わたしも、黄色いツバキの花を見てみたいと思った。「金花茶」と言うらしい。

調布駅で降りたわたしたちは、タクシーに乗って神代植物公園へ向かった。

寒い日であったにもかかわらず、植物公園には、多くの客が歩いていた。こちらに歩いて来た中年の女性に尋ねると、金花茶は温室にあるという。わたしたちは、バラ園を通り過ぎて、まっすぐ温室に向かった。

温室に入ったすぐのところに、大きな鉢に植えられた金花茶はあった。

その珍しいツバキは、肉厚の薄い黄緑色の葉をしていて、蝋細工のようなつややかな黄色の花をつけていた。想像していたよりも小ぶりの花だった。原種は、四十年ほど前に中国で発見されたらしい。この植物公園に植えられたのは、二十年も前だという。

温室を出たわたしたちは、標識をたよりに深大寺の山門の方へ歩いて行った。道は、すっかり葉の落ちた雑木林の中へと続いている。武蔵野の面影を残す林だった。

公園の南の出口を出ると、林の中に茶店があった。外に置かれたテーブルで、寒い中、蕎麦を食べている客がいた。深大寺と言えば、蕎麦である。テーブルについたものの、K先生のおもてなしの菓子やお茶をご馳走になり、腹はすいていなかった。とても蕎麦は食べられそうもない。それで、わたしは甘酒を、妻はトコロテンを注文した。

店の前はクヌギやナラ、そのほか雑木の林で、東の方に時期を過ぎたモミジが見えている。空にはうす雲がたちこめ、とき折吹く風に、枯れ葉が乾いた音をたててテーブルの方へ飛ばされてくる。

店の中では、甘酒を煮る釜から温かそうな湯気が立ちのぼっている。中に入れば、体もぬくいに違いない。しかし、雑木林を眺め、小鳥の声を聞いていたかった。温かい汁ものの蕎麦をすすりたい気分だったが、腹がいっぱいではどうにもならない。深大寺の蕎麦を食べられないのは残念なので、家に帰って味わおうと、みやげ用の生蕎麦を注文した。

熱い甘酒が、冷えた体をあたためてくれた。武蔵野の面影を感じながらのご馳走だった。妻は、わさびのきいた、やや太めのトコロテンを、「おいしい。おいしい」と言いながら、寒そうに食べていた。

店の人に、山門の前辺りでタクシーに乗れるかどうかを尋ねた。すると、

「いつもは来ているのですが、この時間にはどうでしょうね」

と、すまなそうに言った。

店を出るころには、いちだんと冷えこんできた。わたしたちはまっすぐ深大寺に向い、お参りをした。心にすがすがしい安らぎを覚えたのは、重厚でありながら素朴さを感じさせる寺だったからなのだろうか。

山門を出たとき、かつてここに来たことがあるような気がした。山門、水の流れこんでいる池、みやげもの屋、狭い道筋など、記憶している様子そのままだった。

二十年も前のことである。町田市の先生に車で連れてきていただいたのだ。今回は、神代植物公園の方から歩いて来たので、とっさには思い出せなかったのだ。

記憶の底に沈み、ほとんど忘れていたことだった。むしょうに懐かしかった。学生のころに読んだ国木田独歩の「武蔵野」の風景が、頭をよぎった。

バス停の横に、「タクシーのりば」の表示があったが、やはりタクシーは来ていなかった。わたしたちは、つつじが丘駅行きのバスに乗り、日暮れの早いのを感じながら深大寺をあとにした。

二〇〇七年十二月二十日

作品掲載一覧

「ふるさとのしだれ桜」　日本随筆家協会刊『月刊ずいひつ』平成十九年四月号
「朽ちた柿の根」　〃　『月刊ずいひつ』平成十九年十一月号
「小鳥の影絵」　〃　『月刊ずいひつ』平成二十年八月号
「スイカ」　〃　『月刊ずいひつ』平成二十年十二月号
「道草」　〃　『月刊ずいひつ』平成二十一年四月号

「悠久の旅人」　〃　『月刊ずいひつ』平成二十一年九月号
「フェルジナンドとの別れ」　〃　新鋭随筆家撰『気になる人々』平成二十一年
「父からの手紙」　随筆文化推進協会刊『随筆にっぽん』平成二十三年　第二号
「四万十川の源流」　〃　『随筆にっぽん』平成二十三年　第三号
「淡墨桜」　第一回『随筆にっぽん』賞受賞作
随筆文化推進協会刊『随筆にっぽん』平成二十三年　第三号
「コオロギの鳴き声」　〃　『随筆にっぽん』平成二十四年　第五号

著者紹介
大野　比呂志（おおの　ひろし）
1938年、栃木に生まれる。
2012年　第1回随筆にっぽん賞を受賞
現在　随筆文化推進協会理事
著書　『遥々記』（文芸館）
共著　『あなたへの手紙』『勇気をもらった日』
『気になる人々』（日本随筆家協会刊）

木漏れ日の中を

2013年2月12日　初版第一刷発行
著　者　大野　比呂志
発行人　佐藤　裕介
編集人　村田　圭
発行所　株式会社 悠光堂
〒104-0045 東京都中央区築地6-4-5
シティスクエア築地1103
電話　03-6264-0523
印刷・製本　モリモト印刷株式会社

ISBN　978-4-906873-11-1　C0059